主编寄语

　　《心灵读库》（共十本）精选了当代一批优秀作家的经典美文作品，满足了中学生的阅读和写作需求。《心灵读库》是专门为广大中学生朋友量身打造的阅读盛宴和人文修养范本。本书体现了与众不同的风格：

　　◆ 美文经典，读写范本。
　　选文皆为当代名家的时文美文，可谓精华荟萃。同时文风鲜明，各有千秋。或言辞隽永，如诗如画；或构思精巧，拍案叫绝；或深邃悠远，回味无穷；或幽默风趣，如浴春风。本书将以其博大精深的真知灼见贯通中学生的智慧，将以其海纳百川的胸襟来滋润中学生的情怀。赋道义于两肩，著千古文章。

　　◆ 名家批注，醍醐灌顶。
　　诸位专家谆谆善诱，对文章要义整体评价，对写作技法深入剖析，对精彩妙处一一批注。心思缜密，不遗余力，直指文章亮点；寥寥数语，境界全出，揭示写作规律。时而铿锵有力，时而温声细语。归纳创作要领，演绎写作技术，点评高屋建瓴，批注醍醐灌顶。让学生茅塞顿开，下笔千言如行云流水。

　　◆ 知识链接，开拓视野。
　　每一篇美文都会涉及一些或自然的，或科学的，或宗教的，或人文的，等等，各种知识，不一而足。本书编者，根据中学生的实际知识储备状况，倾其全力，耐心筛选链接有益的知识，以求帮助读者开拓视野。
　　精读是形成文风的前提，拓读和泛读是深度的前提，愿《心灵读库》带领读者敲开写作的技巧之门。

袁炳发　壬辰年一月于哈尔滨

心灵读库 ④ 挫折磨砺

苦难历久会成珠

袁炳发/主编

陆建华/分册主编

丁硕 马岩 王艳辉 王艳玲/编委

吉林大学 出版社

沙漠不够宽

　　窗外的霓虹闪烁一片，整个城市笼罩在一片橘黄的光晕之中。故事说完了，店主满怀期待地看着我："这是我先祖的真实故事，你能把这个也写出来登在报纸上吗？"我微笑着点了点头。

文/顾晓蕊

那缕吹展生命的风

　　初次见到夏小茉，她正望着窗外的三角梅发呆。那是初中开学的第一天，教室里一片喧哗，只有她显得漫不经心，目光被一团火红粘住，数着枝条上的花朵。

　　我"噗哧"一声笑了，在她旁边的空位坐下，说："嗨，你好。"她轻轻一抿嘴，唇角微微上扬，她笑的样子很好看。

　　我们成了同桌，课间，我讲故事给她听。书上的故事讲完了，就讲我和家人的故事，夏小茉托着下巴聆听。当我问及她的家人，她漠然地转开话题。

　　她常带些雪梨酥、米花糕等零食，跟我一起分享。夏小茉应当有位有钱的老爸，但她心里似乎藏着秘密，那一抹淡淡的忧伤，如睫毛上的雾，总也化不开。

　　班上成立学习小组，我们的组长是阳光少年孟浩。遇到不会的问题，夏小茉跑去问孟浩，他耐心地给她讲解。那段时间，她的成绩有明显的进步。

　　有天放学后，夏小茉红着脸，说："你帮我把这个给孟浩，他帮我补习，我想送他一盒带香味的橡皮。"

　　我大大咧咧地走过去，把橡皮放到孟浩桌上，说："这是小茉送给你的。"有位调皮的男生抢走橡

"漫不经心"一词刻画出夏小茉的与众不同以及心事重重。

她漠然地转开话题，一方面表现出夏小茉对待家人的态度，另一方面为她的家庭情况设置悬念。

对夏小茉外貌的描写。忧伤有多淡？像睫毛上的雾，看不清，却也化不开。

夏小茉"红着脸"，而"我"却"大大咧咧"，强烈的对比反衬出夏小茉的敏感自尊。

皮，恶作剧般地大笑："不得了，有人早恋啦。"

在80年代的校园，早恋是件很轰动的事。我回头看夏小茉，她眼里噙着泪，脸色蜡白如纸。最糟糕的是，班主任恰巧出现在门口。

"脸色蜡白如纸"生动形象地写出了夏小茉十分难受难堪的样子。

"夏小茉，我正想表扬你的进步，你真让我失望。"班主任把我们喊到办公室，生气地说："还有你这个课代表，也不知道带个好头。"

我为夏小茉鸣不平，说："其实……那个……"这时，有位老师推门进来，喊："教研组开会了。"班主任摆摆手，说："你们先回去，好好想一想，明天再说。"

"阳光在脚下跳跃"对比衬托出"我"与夏小茉"灰蒙蒙"的心情。

我们并肩走着，阳光在脚下跳跃，心情却灰蒙蒙的。夏小茉颤声问道："老师会告诉家长吗？"我沮丧地说："可能会吧。"

我们可以从夏小茉问的问题看出，夏小茉对"家长"这一话题十分敏感，"颤声问道"表现出夏小茉的害怕和担心。

夏小茉失神地伫在那里，眼里满是羞愤与悲伤。我想安慰她几句，她哭着转身跑开，背影歪歪斜斜地消失在巷口。

我一夜没睡好，第二天清晨，头昏沉沉地到校。奇怪的是，夏小茉没来。第四节是班主任的课，她专心致志地讲课，仿佛忘了昨天的事。

中午放学时，有位男子神色慌张地跑来，喊住刚出教室的老师，说："我是夏小茉的爸爸……"男人把老师叫到走廊，我跟在后面，听到他们的谈话。

此段交待了夏小茉的家境，以及她对"家人"如此敏感的原因，"她需要关爱"，也是她的性格敏感、自尊心强的根本原因。

"小茉吃安眠药自杀，现在已脱离了危险。"男人声音哽咽地说："她妈妈前些年去世，她变得寡言少语，我忙于工作，疏忽了与她的沟通。"

"哦……原来这样。"老师红了眼圈，懊悔地说："这孩子需要关爱，我昨天可能误会了她。要不，现在去医院看看她？"

男人沉思了片刻，说："还是让她静一静吧，我不想这件事给她带来阴影。我给小茉请个病假，过一段她再来上学。"我的眼泪流了下来，逃也似的跑开。

我期待她重返校园，可半个月后，我们家突然要搬迁。黄昏的月台上，我又想起小茉美丽而忧郁的眼神，心里有说不出的伤感。

再次见到她，是在多年后的一次同学会上，她微笑着走过来，说："叶子，你还好吗？"记忆之门瞬间打开，往事呼啦啦奔涌而来。

记忆中忧郁的眼神与分别多年后的相见具有很大的反差，形成强烈的对比。

当年的她，看到父亲一夕忽老，内心充满了自责。敏感又自尊的她，将自己幽闭在狭小的空间，推开心窗才发现，爱一直都在，从未远离过。

这些年来，她先是失业，又做了两次大手术。她没有被困难击倒，还开了家"馨语"花坊，用心经营平淡的生活。

从文章可以看出，当年夏小茉认识到有好多人是爱着自己的，她变得十分坚强。随后的失业与手术并没有击倒夏小茉，并不像初中时因为别人喊了一声"早恋"就服安眠药自杀。夏小茉认识到生命的可贵。那些成长中的伤痛不过是加快成长的催化剂。

生命是如此美好，又如此珍贵，它不同于雪化了，云散了，花败了，生命是不可复制，无法再生的。无论何时何境，只要心怀希望，生命的枝丫总会繁花似锦。

那些成长路上的伤与痛，不过是缕吹展生命的风。她如水的明眸，映出一片湛蓝的天，我那颗悬着的心，终于轻轻放下。

结尾在点题的同时，对夏小茉又一次进行外貌描写，表现出夏小茉性格的转变——眼里容下了一片蓝天。

　　文章通过一个线索人物"我"，讲述了初中一位同窗好友性格发生的转变。原来的夏小茉由于家境原因而敏感、自尊、寡言少语，需要关爱，当听到调皮男生说她"早恋"，还听"我"说老师可能"找家长"时，她已感到绝望了。她认为已经没有人能关爱她了，当天晚上便服安眠药自杀，却被及时救醒。而当夏小茉认识到有那么多人在关爱着她时，她开始变得坚强。在后来的日子中，她又经历了失业等一系列困难，但这些并没有击垮夏小茉，而是微笑着走到了今天，与原来的夏小茉形成了极大的反差。

　　文章通过夏小茉在不同年龄对困难不同态度的铺垫下，在结尾点明主旨——"那些成长路上的伤与痛，不过是缕吹展生命的风"，成长中的困难只是激励你快快成长的催化剂。"无论何时何境，只要心怀希望，生命的枝丫总会繁花似锦。"这篇文章启示我们，成长中要战胜一切困难，无论何时何地都要有一颗乐观的心。

文章对夏小茉有多次外貌描写，也在前后形成了对比。它由前面"显得漫不经心"到"那一抹淡淡的忧伤，如睫毛上的雾，总也化不开"到"她如水的明眸，映出一片湛蓝的天"，体现出夏小茉性格的转变，突出文章主旨。

"我"是一个重要角色，"我"的情感变化也是文章主线，"我"由前面的对夏小茉的担心到对夏小茉的放心，也体现夏小茉转变，突出文章主旨。

王圣斌 ◎ 评

=== 知识链接 ===

青春期的情绪特点：情绪容易波动，而且表现为两极性，即有时心花怒放，阳光灿烂，满脸春风，有时愁眉苦脸，阴云密布，痛不欲生，甚至暴跳如雷，可以用"六月天，孩子脸"来形容，父母在碰到这种情境时，千万要冷静，否则很容易发生冲突。

文／薛　峰

坚持寻找
一分钱的歌唱家

　　他出生在河北文安县的一个普通农户家庭，家中生活贫困，他从父亲那唯一继承到的就是一副亮堂堂的大嗓门。他的一声吆喝能让一里路开外正撒欢的小羊"肃然立正"。所以，他在村里人眼里是个能干的娃，是放羊最多的娃。

　　他继承的不是财富，不是土地，而是一副亮堂堂的大嗓门。运用夸张的手法——一里路开外正撒欢的小羊"肃然立正"，形象地刻画出他嗓音的嘹亮。

　　12岁那年，他考入县一中，通过操场上的大喇叭，他第一次听到了十五首人民群众最喜爱的歌曲，有李双江的《红星照我去战斗》和《北京颂歌》，李光羲的《祝酒歌》等，每天一曲滚动播放，这些歌曲在他的心中播撒下了音乐的种子。从那之后，他知道了音乐不是从嗓子里吼出来的，而是从心内唱出来的。

　　把音乐比作种子，播撒在他心中。

　　由于家庭经济拮据，他从未受过良好的音乐教育，但他却义无返顾地走上学唱歌剧的道路。为此，在面临人生选择的关键时刻，为了自己的梦想，他填写高考志愿，毫不犹豫地"下选"了北京煤矿学校。虽然这所学校名不见经传，可是它在北京，在他梦想的地方，一个离李双江、李光羲最近的地方，这就是他选择的唯一和全部理由。

　　他追逐梦想的脚步是"义无返顾"的、是"毫不犹豫"的。选择学校的"唯一和全部理由"是因为那里可以让梦想的种子生根发芽。

　　到煤矿学校读书，他想方设法搜集到北京音乐厅、民族文化宫、工人体育场的演出信息，尽可能观

"尽可能观摩一切演唱会""兴奋地行进在通往歌声的路上",表现出他对音乐近于痴迷的热爱。

同事们的幸福安逸与他的奔波漂泊形成了鲜明的对比,突出了他追求梦想的执著。

追逐梦想的道路从来不是坦途的,文中的主人公也是如此。一次次的磨难,一次次的打击,依然无法动摇他追逐音乐梦想的决心。

摩一切演唱会。虽然这些地方离学校很远,坐公交车也要一个多小时,但同学总能看到他兴奋地转身跃上借来的自行车,行进在通往歌声的路上。有时借不到自行车,改乘公交车,可是音乐会结束时,天已很晚了,回程只有地铁,他就必须在下了地铁的一个小时之内,在熄灯、关门前跑步赶到宿舍,否则,只能露宿校园了。不经意间倒锻炼了他日后成为歌唱家的肺活量。

大学毕业后,他被分配到位于山西太原古交矿区的煤炭部建筑安装公司第七工程处成为了一名建筑队的技术员。1989年,正当同事们都在幸福安逸地奔小康的时候,他却做出了令人不解的决定:档案调回建筑队,停薪留职,漂到北京。

对于没有经济来源的他来说,选择音乐这条道路真是充满了艰辛。炎热的夏天,因为屋里没有空调,他就赤裸着上身,泡一大杯浓茶,并摆好一盒火柴,唱完一遍就抽出一根火柴。他规定,只有把一盒火柴全部抽完,才能停下来休息。那时,他的处境是最为困难的时候,他经常只能吃到半张烧饼。没钱租房,他就睡在别人家的楼梯间。为了心爱的歌剧,他当过农民工,在建筑工地上搅拌过砂灰,砌过楼房,蹬过板车,贩卖过建筑材料等等。总之,很多累活苦活,他都尝遍了。

可尽管他努力了,道路却并不平坦。1992年他参加中央电视台全国青年歌手大奖赛,连初赛都没有通过;1994年在复赛中又被淘汰;1993年,他得到一次公派自费到维也纳参加歌唱比赛的机会,当他终于凑够路费赶到维也纳,却因劳累而意外失声……

直到1996年,他33岁,机会才开始垂青他。从这一年起,他相继在中央电视台第6届全国青年歌手大奖赛、日本静冈国际歌剧比赛等国内外赛事中取得骄人的成绩,并且在武汉、上海等城市举办过个人音乐会,反响强烈。

2001年，北京紫禁城"三高"音乐会期间。帕瓦罗蒂经纪公司的人听了他演唱的歌剧后，非常震惊，回去后立刻将他推荐给帕瓦罗蒂。于是，他便师从帕瓦罗蒂学习。2004年底，帕瓦罗蒂第一次执导的歌剧《波希米亚人》里，他被任命为男主角。经过几十年的奋斗，他终于得到了世界的认可，很多人称他为"世界第四男高音"。

> 他的努力坚持终于获得认可，取得成就。他的歌喉打动了帕瓦罗蒂。

他，就是中国的著名男高音歌唱家戴玉强。

> 点出他的名字——戴玉强。
> 并列举他的成就，及所获得的奖项。

近年来，戴玉强获得过第四届金唱片奖、政府最高大奖"文华表演奖"、全国戏剧最高奖"戏剧梅花奖"、中宣部全国"五个一工程"奖。另外，他也频繁在国外举行音乐会，他领衔主演的歌剧《图兰朵》在美国11个城市上演。

在成名以后，曾有人问他："你成功的秘诀是什么？"戴玉强说："要说成功有秘诀的话，我认为就是两个字——坚持。"随后，他向记者讲述了一个小故事：有一年春节，漂泊在北京的他特别想回家过年，车票是13.2元，但是他翻遍全身，只找到13.19元。于是，他就低下头，睁大眼睛，在北京站广场的地上来回地寻找，真是"功夫不负有心人"，他终于找到了被无数人踩得脏兮兮的一分钱，这才买了票回家过了年。那时，回到家，他就激动地想，只要自己努力，没有过不去的坎。

> 揭示全文中心，成功的秘诀只有两个字——坚持。

> 看似微不足道的一分钱，又有谁能耐下心来，坚持不懈地寻找呢？正如他所说的，只要自己努力，没有过不去的坎，再大的困难也会向你低头。

是的，只要努力，就没有过不去的坎。成功没有什么捷径，如果硬要说有什么捷径的话，那么它唯一的捷径就是坚持。一滴水的力量是微不足道的，然而许多滴的水坚持不断地冲击石头，就能形成巨大的力量，最终把石头冲穿。坚持是成功者的品质。戴玉强坚持在火车站广场上寻找一分钱，到最终实现自己的梦想，这样的坚持令人震撼。

> 结尾引用水滴石穿的典故，意在强调"坚持"的重要性。

"不经一番寒彻骨，哪得梅花扑鼻香。"艰难困苦的经历可以磨去弱者的意志与信心，却能让强者更强大，因为强者的内心深处都有两个字：坚持。

"宝剑锋从磨砺出，梅花香自苦寒来。"自古以来，在逆境中坚持不懈的精神造就了无数的伟人与英才。范仲淹断齑划粥，刻苦攻读，留下千古英名；苏东坡被贬官后仍有所作为，从未放弃过造福人民的信念，他的精神品质流芳百世。

有时候，看着尚未完成的大堆工作，我们不仅会问自己："我能坚持下来把这些工作全部完成吗？"这个问题的两个答案，各代表着一类人。

回答"能"的人，一定是个或多或少拥有戴玉强精神的人，他从不会轻言放弃，他的心里只有坚持下去的决心，没有对困难的畏惧，对于他来说，成功易如反掌。

回答"不能"的人，更现实一些，但这种现实的态度常常成为懒惰甚至懈怠的理由。这样的人必定缺少坚持不懈、勇于拼搏的精神，也难以成大事，立大业。

苦难，对于大多数人来说，不是一个好事物，然而对于有毅力的勇者，它只是向上攀登的垫脚石；对于有智慧的学者，它只是丰富人生阅历的一次机遇；对于勤劳的人来说，它只是再简单不过的一桩小事。

把苦难踩在脚下，坚持，坚持，再坚持，成功的一天终将来临！

徐天立 ◎ 评

知识链接

男高音 (Tenor) 指声乐曲中女高音、女低音与男低音之间的一个声部。在歌剧发展史上，男高音占有十分重要的地位，第一男主角多为男高音歌唱家扮演。当阉人歌手还霸占歌剧舞台时，一位男歌手以真正的声音唱出高音C，罗西尼还批评他像是"被阉掉的公鸡"，但如今男高音却是最能激发观众肾上腺激素的灵丹妙药。尤其杰出的男高音非常难得，价码远远超过其他歌手数倍之多。

文／罗 西

妈 我真的不饿

当年，下乡知青才桂芝鼓足勇气带着农民丈夫与儿子回到哈尔滨的时候，逐渐陌生的城市已经没有他们的立锥之地，栖身于一个不足六平方米的小平房里，除了每人一身衣服之外，也只有一张小床，两个碗，吃饭还要轮着吃。房子很"迷你"，但全家能挤在一起，她就知足了，柴门一关，儿子窝在丈夫的身上，她则斜靠在丈夫的肩膀边，很挤，但是很暖，有鸟巢的美。

这时，有人建议说，只要她与农村户口的丈夫办理离婚手续，就可以名正言顺地恢复她的城市户口与工作。但是，被才女士断然否决，她一心一意要的就是这样一个完整的家。

那是一个冬天的上午，才桂芝去学校接儿子，掏尽了所有的口袋，包括儿子的书包，母子俩总共才凑到5分钱，她想拿那5分钱去买个小酥饼，因为她记忆里那饼是5分钱一个。可母子俩兴冲冲赶到那家店铺时，才发现涨价了，要6分钱。才女士犹豫片刻，提议说："孩子，要不我们散步去，也许会捡到一分钱……"于是他们就这样高兴地上路了，才女士高度近视，戴一副眼镜，但是，她仍然认真仔细地搜寻着路上的每一个角落，像是在找针或者梦想里的耳环。那天下着雪，他们走热了、走累了，仍然一无所获，这

生活中，有时别无它求，团圆便是最美好的时光。

"孔雀东南飞，五里一徘徊。"只要有真心在，没有什么能将真情分开。

生活中需要这种情绪去支持自己，慰藉亲友。

时，懂事的儿子抬头看着一筹莫展的母亲小声说："妈妈，我真不饿，要不，我先上学去。"

妈妈的心疼痛着，早上，全家一人只吃一个窝窝头、一碗凉水，孩子能不饿吗？可是，她一时也没有办法了。晚饭的钱还在等着丈夫在郊外卖苦力挣呢！眼看下午的课马上就要开始了，妈妈只好陪着儿子回到学校。目光从儿子一蹦一跳的背影里收回来，慢慢张开手掌看那5分钱，很烫，雪花落在掌心，则很凉。她决定换一条通往菜市场的路，也许老天会垂怜他们，就这样一路寻着，在市场入口处，才女士居然真的看到了一张两毛钱的钞票，她简直是欣喜若狂，迫不及待地返回那光顾过的店，一口气买了4个小酥饼，自己舍不得吃，全捂在胸口的衣服里，几乎是贴着肉，然后跑到学校门口等放学的儿子……

后来，她开始用灵巧的双手编织各种精致的袋子，然后在路边摆地摊卖着，几乎是无时无刻不在织着。每个黄昏，华灯初上，收拾地摊，就好像赴约前对镜梳理长发，要回家的心情是那样雀跃，才女士说："每天我都是一路小跑着回家。"家是她最快乐的去处。

她也曾期待恩爱的丈夫可以为她买一对耳环，但有爱的耳语已足够，因为耳语比耳环离心灵更近。渐渐地，丈夫也加入了这个行列，这个纯朴的汉子放下东北"大老爷们"的身段，与妻子一起在街头一边勾着线一边卖着，只要有他出场，就会有人好奇围观，当然生意也越好！后来他们读大学的儿子也利用课余时间帮助妈妈编织那些手工艺品……一家人同心合力、有尊严地编织着生活、美梦和密集的亲情。

如今，他们有一套新住处，一家人有说有笑地过着忙碌而清贫的生活。才桂芝14岁去下乡插队，漫长的40多年的等待、磨难，丈夫、儿子的户口才正式迁到哈尔滨来，这对她而言，好像过眼云烟，她总是笑着回忆着，声音清脆、明快，表情甚至还有些沉醉。只是

天凉，雪凉，心更凉，父母对孩子的亏欠是他们一生中自以为最无法弥补的错误。

家是心灵的港湾，是最让人向往的地方。

生活的激流已经涌现到万丈峭壁，只要再前进一步，就会变成壮丽的瀑布，这就是生活的路途，也是生活的艺术。

讲到儿子为了安慰她说"不饿，妈，我真的不饿"的时候，忍不住热泪盈眶。

 点 评

　　寒流、洪潮、暴雨、霹雳都掩盖不住一颗真正爱你的心；暖阳、泉眼、晴空、霓虹也都抵不过，一份真正惦念你的情。

　　真情是生活中最必不可缺的支柱，生活若是剥去亲情、友情、爱情，那么生命便只是一堆空架子。

　　生活中的坚持，不只是对自己的坚定，也是对亲人的一种慰藉。在人生失去光亮时，有真情就好。发光并非太阳的专利，有真情的人也可以发光。

单敬淳 ◎ 评

知识链接

　　人类历史上一个不凡的人物毛泽东，提出了"知识分子走与工农相结合的道路"的理论，并首先付诸实践，将自己从苏联留学回来的大儿子毛岸英亲自送到农村去，拜一个农民大爷为师。由于他开了这个先河，带了这个头，因而在20多年后，他才能理直气壮地号召：城里的各级干部，都要将自己大学、中学毕业的子女送到农村去，来一个总动员。

　　从纯粹城市学生当农民这个特定意义上讲，毛岸英可以说是现代中国第一个知识青年。

文/罗　西

繁花散尽

从五岁孩童口中说出"失落"二字，引起读者的好奇心，同时也揭示了文章主题。

人们总是为失去的东西而惋惜、失落，那是因为人们认为失去的才是最好的，连最好的都失去了，这种痛苦固然可以理解，但是"塞翁失马，焉知非福！"

凡事都有两面性，能找到难过的理由，就能找到快乐的理由，关键是不要拿自己的短处与别人的长处比。

听到读小学5年级的小儿子在说："好失落啊！"我一惊，这么小的孩子怎么会失落，再问，原来是哈里波特被他看完了。

失落是因为没有了，侯孝贤说："最好的时光。最好，不是因为最好所以我们眷念不已。而是倒过来，因为永远失落了，我们只能用怀念召唤它们，所以才成为最好。"

失落更是因为对比。

比如与过去对比。朋友转发一个短信，是老巢的手机诗作《我们还在》："以前我们狼狈为奸／狼还在狈没了／以前我们衣冠禽兽／衣冠还在禽兽没了／以前我们酒肉朋友／酒肉还在朋友没了／以前我们寻欢作乐／我们还在欢乐没了。"

比如与他人对比。主持人张越采访一西北村妇，问对方平时看电视吗？"偶尔看。那些节目我看了就活不下去，你看看人家都活成那样，我一看电视就觉得我不配活着。"那农村妇女看着窗外的树，落寞地说。

失落是在饭桌前守了3个小时的大黄，眼巴巴地看着女主人把饭菜热了又凉，凉了又热，最后全部放进了冰箱。失落是她用三年时光织好一条围巾，想送他的时候，他离开了她和北京，去了热带的新加坡。失落是我赶着今生去赴约，而我想见的人却临时有事说下世吧。失落是天黑的时候，看不到鸟归巢。失落是婚礼上，把心爱女儿的手郑重地交到新郎的手里。失落是除夕夜准备给孩子压岁钱的时候，发现双亲不在人间。失落是想给月亮起一个芳名，却发现还是月亮最好听。失落是初秋的午后，微凉，看檐前滴雨，燕子南迁……

运用了排比句式，从多个角度，多个方面阐述了失落是每时每刻存在于你我身边的一种感受。

每个人都有失落的时候，从这个意义上说，我们都会沦落为心灵的孤儿。

过渡段承上启下，为下文作者发表自己的观点作铺垫。

就在写这个稿子的时候，接到一个朋友的邮件，她说：今天很开心哦！上街买了一套衣服。卖的人高兴，我买得开心——我和服装店女老板竟然聊得很投机，都聊到了人生哲学、成了朋友(我很多朋友都是这样认识的)。花钱也是一种开心，开心交易只有得，没有亏。当即穿着新衣拎着旧装回家了……

我会心一笑。原来得和失，一念之间，关乎智慧。

提示文章主旨。

纪伯伦在《先知园》有则故事，一只海蚌说："我身子里有一颗东西，很痛。"有些拥有，是痛苦；有些失落，是解脱。看繁花散尽，原来都落在慧心里。

点明主旨，升华主题。

本文通过"得"与"失"正反两方面作对比，阐述了"得与失"，"一念之间，关乎智慧"的观点与主张，说明了任何事物都具有两面性，好与坏，得与失，很多事情全在自己的心念之中。

人生在世，总要面对纷繁复杂的各种事端，我很赞同作者的观点，所谓"逃避"不一定躲得过，孤单不一定不快乐，得到不一定能长久，失去不一定不再有，你能找个理由难过，也一定能找个理由快乐，凡事都具有两面性。衡量的尺度，在于自己的一念之间，正如范仲淹所说："不以物喜，不以己悲"，这才是人生的最高境界。

张玥 ◎ 评

━━━ **知识链接** ━━━

　　珍珠是一种古老的有机宝石，产在珍珠贝类和珠母贝类软体动物体内，由于内分泌作用而生成的含碳酸钙的矿物（文石）珠粒，是由大量微小的文石晶体集合而成的。根据地质学和考古学的研究证明，在两亿年前，地球上就已经有了珍珠。

　　《先知园》：本书是文学大师纪伯伦的巅峰之作，集中体现了他全部的人生信条、人格理想和社会目标。作为一本哲理抒情散文诗集，书中深沉隽永的诗句，凝结着作者对人生和社会的深刻思考，显示出作者对生命最高意义的追寻。他认为，生命与"爱"和"美"不可分，"美"是生命的目标，"爱"是达到生命目标的道路，只有在爱的道路上追求美，生命才能实现其永恒的意义。作者纪伯伦，黎巴嫩诗人，散文作家、画家，是阿拉伯近代文学史上第一个使用散文诗体的作家。

━━━━━ 〈 写作技法积累 〉 ━━━━━

文学艺术表现手法

　　文学艺术表现手法也可称为文学艺术表现方法（或表达技巧），凡是能使文章整体或部分产生鲜明强烈的印象，达到感染读者的艺术效果的手段或方法，都可视为表现手法。主要着眼于使文章的整体或部分产生效果。

　　常见的表现手法有：赋、比、兴、烘托、象征、用典、白描、蒙太奇、托物言志、借景抒情、心理刻画、寓庄于谐、联想和想象，等等。

文／马敬福

逆流而上

暴风雨中，河水暴涨，巨浪涛天，堤坝随时都可能被冲垮，泥石流随时都可能暴发。河里的居民们乱作一团，纷纷逃命。

水蛇大声叫喊着："弟兄们，快顺流而下，下游水浅浪小，那里会安全些！"大鲤一跃跳出水面："不，不要顺流而下，快随我逆流而上，到上游去！"水蛇瞪起了大眼睛："你疯了吗？上游风大浪急水深，又是泥石流的发源地，难道你想去找死吗？不要听他的，想活命的跟我走！"水蛇说着，带头冲进浪里，随波逐流，向下游而去。其他水蛇一看，也随着他卷进浪里，乘着波浪去了。

而大鲤却坚持要逆流而上，他顶风破浪第一个冲进急流。其他一些鱼儿一看，也都跟在了大鲤后面。他们虽然知道逆流而上的危险，但他们相信大鲤，知道跟着他没有错。

那是一条很长的河流，浪涛又很急，鱼儿们游了一会儿，就有一多半嚷嚷起来："大鲤，我们到底要到哪里去呀？逆流而上好像根本没有我们的安身之所，我们还是回去追水蛇他们吧！"大鲤说："大家千万不要退缩，我们的安身之处就是逆流的尽头，等我们游到风平浪静的地方，我们就安全了。"鱼儿们问："那里还有多远啊？"大鲤摇头："我也不知道，只

简单扼要的两个词却表现出河水波涛汹涌之势。

水蛇：顺流而下。
大鲤：逆流而上。
对比。

一个"卷"，一个"乘"，说明他们只会顺应形势，不懂得抗争。暗示了他们必将败亡的结局。

大鲤，"顶风破浪"——带头人。

预示着道路艰辛、漫长。

大鲤：坚定不移。

鱼儿们：退缩、迷茫、放弃。

用对比的写法，衬出大鲤坚持真理的品格。

意志不坚定者无法成功。

"两天两夜"说明历时之长。

"高山之颠"说明他们历尽磨难，终于换来了成功。

通过大鲤的一番解说。我们认识到他不仅意志坚定，也能辨清方向，表现他的智慧。

向上游是经过他深思熟虑得出的结果。

说明他并不莽撞。

成功不仅需要坚定不移的信念，更需要判断方向的智慧。

写水蛇的悲惨遭遇，印证了大鲤说的话。

最后点明主旨。

卒章显志。

即：勇敢面对风浪，才可能获得新生。

要我们面前还有风浪，我们就得拼命地往前游。"鱼儿们心灰意冷了，有的掉头顺流而下，去追水蛇，有的游向岸边，找个无风无浪的地方躲避起来，只有大鲤带着几个兄弟姐妹继续披波斩浪。

游了两天两夜，大鲤他们历经磨难，终于游到了那条河的源头。那是地处高山之颠的一条浅溪，溪水清澈见底，水草葱葱郁郁。大鲤拖着疲惫的身子靠到溪边，说："兄弟姐妹吧，我们到家了，这里就是最安全的地方，我们可以安心地在这里休息。"小鲤们不禁就问："你怎么知道这里最安全？"大鲤说："这里是河的源头，也是最高处，水往低处流，越流浪越急，越流水越大，而这里始终是风平浪静的，不会有危险，我们从下游逆流而上，顶风破浪只是辛苦一些，不会有生命危险，只要我们咬牙坚持着，来到这里就再没有后顾之忧了，如果我们顺流而下，会一直被巨浪追赶，泥石流再卷入水中，我们就会丧命了，所以我坚持要逆流而上，直到游到这里才罢休。"小鲤们点点头，全都开心地笑了。

大鲤和他的兄弟姐妹们在那条河的源头过上了幸福快乐的生活，而顺流而下的水蛇和那些半途而废的鱼儿们，被波浪打得狼狈不堪，他们想在下游找个安全的地方歇脚，可下游早已成了一片泽国，哪里还有安全的地方？泥石流随后而来，可怜的水蛇和筋疲力尽的鱼儿都葬身泥沙之中。

在人生道路上，我们也会遇到许多风浪，选择逃避，最终只会落个惨败的下场。只有顶风破浪，迎难而上，我们才有机会获得新生。最安全的地方，往往隐藏在最危险的地方背后，我们冲破风险，就会找到生命中可以憩息的港湾。

成功需要什么？从文中看来，不仅需要睿智正确的判断，还需要坚定不移的信念。

　　这篇寓言以童话故事的方式为我们阐释了成功的含义，说明逃避风浪只会落个惨败，而顶风破浪迎难而上，才有机会获得新生。它教育了我们为人不应只知道贪图安逸的生活，要学会拼搏，有困难也要勇往直前。

张曦元◎评

知识链接

　　泉州因形似鲤鱼而别称"鲤城"，故有泉州属鲤鱼穴的附会之说。人们以人有肚脐，推断鱼也会有肚脐，其位置应在中心点，又因为脐是圆形，向下凹，所以把位于鲤城中心的一口古井说成是"鲤鱼脐"，此井俗称"城心井"，位于西街和花巷之间的井亭巷，井附近有座砖塔，名"定心塔"，建于明朝万历年间。虽说是无稽之谈，但是城心井出泉既多又快，每逢大旱之年都未曾干涸过，亦是一奇。

文/晨 风

感谢打击你的人

最近和好友晨在一起聊天，谈话中得知晨现在无论是事业和家庭都很如意，这和他平时的努力和孜孜不倦的追求是分不开的。

晨没有上过大学，这么多年来始终凭着自己的能力，一边勤奋学习，一边好好工作，工作中取得了可喜的成绩，得到了领导的认可和同事的赞赏。听说最近晨也爱好上了文学，时常在业务报纸和刊物上发表文章，这倒是让我吃了一惊。因为，对于晨的为人我是太了解了。要说他走上写作的道路，还真是个"谜"。

"怎么，不相信吗？""不，不是，感觉有点意外。"我语无伦次地说着。"其实，你们可能不知道，我走上这条道路，还真得感谢一个人。""谁呀？"我迫不及待地问。晨深深地吸了一口气，然后对我说："你知道我没有上过大学，我的家在农村，高中毕业后回家务农，当时，在农村如果学样手艺，娶媳妇就不难了，母亲帮我找了木匠师傅，让我拜他为师。从此我就和师傅一起学木匠，从农村盖房子到后来做家具等等。我由不喜欢到后来出徒，期间受了很多委屈，自己不知道多少次在梦中哭醒，又有多少次悲观失落。渐渐地我很快进入了角色，自己能用学来的手艺挣钱了。时间在一天一天地过去，有一次，同窗好友来看我，当时我正在给别人装修房子，整个人浑身上下

作者以一个看似矛盾的文题引人入胜，并留给读者一个疑问："为什么要感谢打击你的人？"

好友晨成功的原因：努力和孜孜不倦，引出下文。

"可喜的成绩""认可""赞赏"和"爱好上了文学"几个短语与上文"很如意"相应，也与下文形成了对比，让读者领悟到晨的变化之大。

以作者之"谜"引出下文。

经一番铺垫后，作者第一次引出感谢一词，照应文题。同时，这一核心字眼的出现也吸引了读者的注意。

说一声感谢吧！

感谢那些赠予你挫折和委曲的人；感谢那些给予你失意甚至绝望的人。

没有干净的地方，同学见我变成了这个样子，顺口说出："你真是个窝囊废！随后拂袖而去。我放下手里的活，眼泪禁不住掉了下来。那一夜，我失眠了，我不要做窝囊废，我也要做个像模像样的人……"从那以后，晨在工作之余，在较短时间内通过自学，考上了公务员，而且现在已经是单位的主力，名副其实地成为一名后备干部了。

"最近又开始写作是怎么回事？"我追问着。"在机关工作有几年了，平时不忙了，习惯看看报纸和杂志，也给自己充充电，时间久了，萌发想写文章的念头。第一次将自己写的稿子邮给报社，很长时间没有音讯，我每天都在等啊，盼啊，还是没有消息。自己真是对自己没有信心了，也许这条路咱走不通，还是学会欣赏吧。一个偶然的机会，我拨通了某位编辑的电话，询问自己的稿子哪里不合适，能否发表，编辑是这样回答的："我们无论你从事什么岗位，我们是只看重稿子的质量，不注重作者是什么身份……"听完编辑的话，整个心变得冰凉冰凉的，不过从他生硬的语气里无疑是将了我一军。虽然他的话很不中听，也没有更多的解释。就是这样，激发了我前进的动力，到后来一篇接着一篇的作品发表，使我真正感受到写作的快乐！我要感谢曾经帮助过我的人，更要感谢那些打击过我的人，如果没有他们就没有我的今天。

和晨的交往有些年了，不过还是第一次知道他的过去。这让我更由衷地敬畏他，羡慕他。自己也从他的身上感受到一种力量。就如晨所说：感谢打击和伤害你的人，是他们帮助了一个求生的人实现了愿望。

同学一句打击他的话成为命运转折点。"顺口"与"眼泪""失眠"形成鲜明对比，也将下文晨的转变烘托得更为自然。

"追问"一词自然地引出了下文。相比前文的"谜"字句问句，语气有加强之感。

"等啊，盼啊，没有消息，失去信心"，内心的矛盾与下文的成功形成对比。

编辑也是打击晨的人，出自其口的冰冷话语成为晨前进的动力。与日后一篇篇作品发表密不可分。

文章最终升华了主题，卒章显志。晨的经历不仅感染了作者，也感染了每一位读者。

作者借自己的好友晨的人生经历，尤其是其中的两次巨大转变：成为一名公务员和走上文学之路，教育每一位读者：要感谢打击自己的人！

作者并没有运用什么华丽的词藻，也不是满篇的修辞，而是用最质朴、简洁的语言描述了一个平凡却又不太平凡的人的故事，讲述了一个时时刻刻都在发生却不是每个人都能领悟的道理。

全篇以叙述为主，夹杂着人物间的对话，使人读起来更贴近自己的生活，贴近自己的内心，最大的魅力在于其思想内涵，这也是让人感触最深的地方。

在生活中，我们总是怀着一种仇恨、厌恶的目光去打量打击我们的人。心中的愤懑冲上心头，却很少想到换一个角度，他们也正是激励我们进步的人。怀着一颗感谢的心，我们才能正视自己的成长，也才能更好地成长。怀有向上之心，并不断为之努力，才有可能在一次次打击中取胜，在打击中蓬勃而生。

许昕 ◎ 评

=== **知识链接** ===

美国基督教节日源于北美英国殖民地普利茅斯。该地居民于1621年获得丰收后，举行感谢上帝的庆祝活动，后经美国总统华盛顿、林肯等定为全国性节日，在每年11月的第四个星期四举行。届时，教堂举行感恩礼拜，家庭也举行集会，通常共食火鸡，以纪念其祖先开发美洲新大陆时食用野火鸡的往事。

文/朱国勇

沙漠不够宽

到了江南，走在徽州，就会发现，那些山水草木，那些粉墙飞檐，那些衣衫灰白、银发飘飞的老人，都是有故事的。他们目光沉静，斜倚着小桥流水，但是透过目光，却能看到历史滚滚的烟尘，领略到人生的真谛。

今年五月，在徽州的古石桥边，一个两鬓斑白、笑容浅淡的老人给我讲了这样一个故事。

清朝时，一位老人，带着自己的儿子，渡长江，跨黄河，穿陕甘，把货物卖到新疆西藏。在穿越塔克拉玛干沙漠时，风尘仆仆、一路劳顿的年轻人不由得抱怨："这沙漠实在太辽阔了！要是狭小点就好了。"老人抽了一口旱烟，再悠悠地吐出烟圈："不，孩子，这沙漠还不够宽！要是再广阔一些就好了。"年轻人听了，一脸的疑惑。

"如果这沙漠再宽广一倍，那么，来这里经商的人十成中至多只剩下一成。这样，我们的利润就能翻上几番。"

沙漠的风，干燥而凛冽，刮在脸上像小刀子在割一般。但是，年轻人心却忽然亮堂了。在灰蒙蒙的蓝天下，年轻人像标枪一样挺直了背，目光也无比坚定起来。

四十三年后，这个年轻人的名字传遍了天下。他叫胡雪岩。

"商不畏险"说的就是这个道理。

江南，徽州。

那里的一草一木皆有故事，那些衣衫灰白、银发飘飞的老人，在历史的滚滚烟尘中，领略到人生的真谛。

作者用细腻的文字自然而然地引出下文故事。

"到了江南，走在徽州。"多么的气定神闲。

"渡长江，跨黄河，穿陕甘。"多少艰难险阻。

动词运用到位贴切。

老人的话高深玄妙，蕴含深刻的哲理，照亮了年轻人的心。

"商不畏险"。用四个字概括了"两鬓斑白、笑容浅淡的老人"给我讲的故事，精炼点题，发人深省。

承上启下的过渡作用，从上一个故事自然引出下一个故事，同样的道理，却是又一个不同的事例。

阐述另一个故事的背景，许多人都被生活所累。

家里的田产是多一点好，还是少一点好？与前面的故事有异曲同工之妙。

这一次的智者，是两兄弟中的老二。

"商不畏险"。
一个故事不畏跋涉艰险。
一个故事不图生活安逸。

渲染了一种朦胧的气氛，意味着故事结束了。

同一件事物，别人看到的是困难，商人看到的是商机。这已经成为"徽商"的一种文化传承，亦为"徽商"成功之所在。

扣题，首尾呼应。

这个故事，我写在了一个随笔中，几天后，发表在了《黄山日报》上。一周后的一个晚上，一位四十多岁的店主捧着厚厚一卷《汪氏族谱》特地找到了我。抚着枯黄斑驳的族谱，憨厚的店主又给我讲了这样一个故事。

古徽州，三山六水一分田。普通人家那点田产，是无法保障一家衣食的。为了生活，一般情况下长子继承家里的田产房屋，其余的儿子，只好出外行商，以谋生计。有汪氏两兄弟，老大留守家园，老二贩卖茶叶行于四方。过年的时候，两兄弟又聚到了一起。老大看着黑瘦了一圈的弟弟，心疼地叹息着："要是家里的田产再多一点，你就用不着四处奔波了。"老二微笑着摇摇头："家里的田产要是再少一点就好了。"

看着大哥疑惑的目光，老二接着说："这样，大哥就不得不跟我一起经商了。每次采购茶叶，为了防止伙计从中获利，都要派出两个以上的伙计。有大哥在，你一个人去就行了，多省人力啊！"

老大听了，觉得有理，过完年，就将田产变卖，跟着弟弟经商去了。两兄弟，一个负责山区采购，一个在城里茶庄当掌柜。配合默契，没几年，就富甲一方。

衣锦还乡的两兄弟在徽州建了一座汪氏族人聚居的村落，这就是我们今天看到的宏村。

窗外的霓虹闪烁一片，整个城市笼罩在一片橘黄的光晕之中。故事说完了，店主满怀期待地看着我："这是我先祖的真实故事，你能把这个也写出来登在报纸上吗？"我微笑着点了点头。

两则故事，异曲同工。"徽商"之名播于四方，果然名不虚传、智慧惊人。当别人看到困难时，徽商看到的却是商机。

大的困难、险的道路往往意味着更大的机会。正如古人所云："行之愈险远，则风景愈奇。至平至坦之途，机会鲜矣。"

点　评

　　读罢此文，不觉想到孟子的《生于忧患，死于安乐》中的那句："天将降大任于斯人也，必先苦其心志，劳其筋骨，饿其体肤。"

　　人生的路有很多，我们可以选择平坦之路，也可以选择艰苦的旅途。不同的是，两条路的尽头截然相反。

　　文中的老人与年轻人，同样走在沙漠上，一个慨叹沙漠太宽，狭小点就好了；一个却认为沙漠还不够宽。以及文中的两个兄弟，一个嫌家里的田产不够，另一个却希望自家的田产再少一点就好了。

　　感谢磨砺，因为磨砺，我们的世界才神秘而伟大；感谢机遇，因为机遇，我们的世界才绚丽多彩。正是那无数次的磨砺，才给了我们许多探求未知的惊奇；正是那不平的机遇，才造就了无数"青出于蓝而胜于蓝"的优秀人才。而且，越是才智超群的人越得经过更多的磨砺，才能随时随地抓住机遇，创造出光辉的业绩。

　　歌德一句话说得好："有时一个人受到厄运的可怕打击，不管这厄运是来自公众或者个人，倒可能是件好事。命运之神的无情连枷打在一捆捆丰收的庄稼上，只把杆子打烂了，但谷粒是什么也没感觉到，它仍在场上欢蹦乱跳，毫不关心它是要前往磨坊还是掉进犁沟。"

　　即如文中最后一句古人所云："行之愈险远，则风景愈奇。至平至坦之途，机会鲜矣。"

田健榕 ◎ 评

知识链接

　　广播是指通过无线电波或导线传送声音的新闻传播工具。通过无线电波传送节目的称无线广播，通过导线传送节目的称有线广播。广播诞生于20世纪20年代。广播的优势是对象广泛，传播迅速，功能多样，感染力强；短处是一瞬即逝，顺序收听，不能选择，语言不通则收听困难。

当逆境到来时

电影《班杰明的奇幻旅程》中，有这样一段话："你可以像生气的狗一样，对着事情过去的方向愤怒；你可以诅咒、辱骂命运，但到最后，你还是得看开。"

文／昆仑山人

幸福的那些时刻

那天中午我到邮局拿稿费，填写好厚厚的一叠取款单后交给邮局工作人员，乘着工作人员清算数额的间隙，我旁边一位正在埋头填写汇款单的人引起了我的注意，他带着安全帽，穿着沾有白灰的厚厚的工作服，脸上的胡须很长，看起来好久没有剃须。他粗糙的手指很用力地握住纤细的圆珠笔，我担心他稍微一用劲，圆珠笔就会折断。他的指甲留得很厚很长，指缝间黑黑的污垢清晰可见。

我顺眼看了他的收款人地址，是江西的一个农村。这让我想起了远在家乡的曾经也是民工的哥哥。也许是由于急躁，也许是因为不怎么写字，他写的字歪歪扭扭，像爬行的蚯蚓。在不到两分钟的时间里他填写了三张汇款单，填了又撕，撕了又填。看到我在注视着他，他的耳根瞬间红了起来，脸颊上慢慢地渗出了一层细汗。忽然他抬头问我："可不可以帮个忙？"我说："行啊，能帮你什么？"他说："在汇款附言里写句话，不要多，字多了收钱哩！"我问："写什么？"他羞涩地捏着手指说："我很好，勿念，种好庄稼，祝你们幸福。"我很快给他写好附言。他双手捏紧汇款单，珍重地交给邮局工作人员，眼神噙满了期待。当邮局工作人员把汇款凭证交给他时，他笑了，笑得很质朴、灿烂，仿佛完成了某件十分具有意义的庄重事业。回头时他连声给

开门见山，先交待事情发生的背景。

详细地写出了那个民工的外貌不整洁，甚至有些脏，与后文他的幸福形成了鲜明的对比。

运用比喻，生动形象地写出了字的难看，与前文相照应，"三个汇款单"填完又撕，突出了他的紧张，甚至"渗出了一层细汗"，引出下文他向我求助。

他特意强调"字多了收钱"，为后文他的幸福埋下伏笔，"羞涩"也体现了他的紧张、迫不及待，还有期盼。

"捏紧""珍重""眼神噙满了期待"与下文质朴、灿烂的笑相照应，突出了他的朴实与激动的心情，更为下文他的幸福埋下伏笔。

我说："谢谢，谢谢兄弟。"说完他给我发了一根很廉价的香烟。

出于写作的敏感，我问他："你眼里的幸福是什么？"他说："简单得很，就是我平平安安地干活不生病，家里人顺顺利利把庄稼收进粮仓，孩子好好学习，考出好成绩，就是最大的幸福。说了你别笑，我汇款时附言里少写几个字，就能节省几毛钱，用这几毛钱我的妻子可以打一斤酱油，我的孩子可以买一根冰棍。一想到他们有滋有味地过日子，我能按时拿到工钱，有时我做梦都能笑醒。你说得知我拿到工钱的消息，我远方的妻子能不高兴吗？"用我节省的几毛钱买根冰棍，我的孩子能不幸福吗？说完他赶紧转身走了，我目送着他走出邮局消失在川流不息的闹市，心被揪了一下。

他的话就像泥土，素面朝天，没有任何修饰；他眼里的幸福就像一粒草叶上的露珠，晶莹剔透，没有任何杂质。

我接过邮局人员从窗口里扔出的稿酬，平时不怎么在乎的轻飘飘的稿酬当时却有了一种异样的分量，连我自己也感到有些纳闷。与他相比，我每月有着固定的工资，享受着单位不错的福利，既没有田种，又没有烈日的暴晒，更没有他所忍受的风吹雨打，可我眼中的某些幸福总是那么高高在上，像风捉摸不定，像云飘飘渺渺。

我们眼中微不足道、细如沙的拥有，却是他人眼中贵重如珍珠般的幸福；我们手心里复杂如乱麻的生活，在他人心里却简洁如一根针线。

他们把生活的减法计算成加法，把人生的重负当做温暖的行囊，用感恩的心灵缝补幸福的漏洞。那些幸福的时刻，才是生活对他们最纯粹的至高奖赏，而我们却做着生活的减法，甚至除法。

许多幸福就像泥土一样黏在我们的鞋底，只是我们熟视无睹，把不起眼的泥巴漫不经心地磕掉了。他们，才是我们最好的老师。

"幸福"两字照应文题。

对他而言，最大的幸福就是自己和家人平安，庄稼收成好，孩子成绩好，简单、平淡，而又纯粹。

"做梦都能笑醒"，可见其质朴与普通，这平凡之下蕴含着不平凡的幸福。

"我"被这种不平凡的幸福震撼了，两个形象生动的比喻，不仅写出了他言语的朴素和单纯的幸福，更写出了这种幸福的渺小和随处可见。

多次运用比喻、对比的写法，突出"我"眼中的幸福遥不可及，突出表现不懂得珍惜平常的幸福的惋惜之情。

结尾用一个巧妙的比喻总结全文，告诉我们，要珍惜身边那些人或事，因为只有他们才会让我们感到幸福。

幸福就像是你手中的沙砾，你看得越牢，捏得越紧，它便漏得越多。只要我们能停下不断追逐的脚步，放松自己，就能发现，幸福其实很简单，很平凡。有时，它也许是一件称心的礼物；有时它也许是一顿丰盛的晚饭；有时，也许只是一个小小的问候与关心。你不必守望你得不到的，你只需好好珍惜你已经得到的。虽然幸福无法苛求，但它却如影随行，好好把握你所拥有的，只有这样，你才会感到幸福的温度。

刘思琪 ◎ 评

━━━ 知识链接 ━━━

　　幸福是指人之所以为人的真理与自己同在时的心理状态，包括一切真实的事物、人性的道理、他人的生命甚至动物的生命与自己同在等等。是一种心理欲望得到满足时的状态，是一种持续时间较长的对生活的满足和感到生活有巨大乐趣，并自然而然地希望持续久远的愉快心情。

文/感 动

苦难历久会成珠

一

从记事时起，我对糖果这个词就比较陌生，因为我很少能吃到糖果。那时候，任何商品都是要凭票购买的。在农村，糖是稀缺的东西，糖果的种类也很单一，花一角钱，就能买到十块水果糖，但一角钱也可以买到5盒火柴。对于数着火柴杆过日子的穷家孩子，糖果只是一个奢侈的梦想罢了。看到别的孩子开心地吃着糖果，我常常馋得直咽口水。

我吃过几次糖，都是在秋天，母亲把刚收获的甜菜洗净切片，然后放在大铁锅里煮熬，常常要几棵甜菜，才能熬出一小碗黑红色的糖稀。我家里的孩子多，那点糖稀就变得很珍贵，每人分一点，记着我常常端着一小羹匙糖稀，舍不得一口吞下，要用舌头舔上半天。

长大以后，许多人问我牙齿怎么那么白，我对他们说，没糖吃的穷孩子长大后牙齿都很白。

二

我小时候最大的爱好是读书，只要有书看，不让我吃饭也可以。

在那偏僻的山沟里，书少得可怜，谁家要有一本书，就像宝贝似的，藏在装衣物的箱子里，不会轻易

文章第一段就交待了作者儿时的记忆是苦涩的，糖果在当时而言是十分珍贵的，表达了我当时对糖果的期待。从"奢侈"一词体现出家境贫瘠，糖果成为最想得到的礼物。

长大之后，从牙齿的洁白侧面反映出儿时生活的困苦。

示人。邻家的男人是个小学教员，他家里的书很多，像《西游记》《三国演义》《三个火枪手》之类的厚书，还有许多孩子们喜爱的连环画。每天晚饭后，我都会去他家，眼巴巴地盯着那些书，舍不得走，但是看到主人家一脸严肃，又不好开口言借。

那时农村还没有脱粒机，玉米粒都要人工用手搓下来。邻居家每天晚饭后，火炕上都放一个大笸箩，里面装满玉米棒子，然后一家人围着笸箩搓玉米粒。这时，我就主动要求帮忙搓玉米粒，一天晚上要搓完两笸箩的玉米棒，我常常是双手红肿，才能借到书。欢天喜地拿着书回家，已经快半夜了。

农村没有电，我伏在煤油灯下读书，但是，煤油在当时也是很金贵的东西，我要在一小瓶灯油燃尽之前，读完借来的书，然后第二天还回去。就在那盏油灯下，我练就了阅读速度，打下了文学的底子。

三

由于家里穷，我上学用的笔和纸都非常缺。我常常是一个本子要顶三个本子用，第一遍写铅笔字，第二遍用蓝墨水写字，第三遍再用黑墨水。

有一件事印象最深，那是一个周六下午，老师在放学时留了一篇作文，让我们周一早晨交上去。但是当我回到家翻开作文本写作文时，才发现本子已经用完了。我知道家里没有钱，就迟迟没有向母亲提出买本子的要求，我怀着矛盾的心情一直等到了星期天的傍晚，我想着第二天早上就要交作文了，实在捱不过去了，就急得哭了起来。母亲知道事情的原委后，抱着我的头泪如雨下，她到邻居家借了一个鸡蛋，让我拿去换本子。这是深秋傍晚，我小心翼翼地握着那个鸡蛋，就像握着一个希望，踏着满径落叶，到3里外的杂货店去换本子。那天回到家，已是夜暮四合了，我伏在油灯下，把作文工工整整地抄在新买的本子上。从那以后，我倍加珍惜每一张纸。直到如今，我还保持着

这一部分从物质转入精神，从这句话就可以看出我对书的重视。

生活困难，仍不忘记看书，但却由于家境原因，使"看书"成了一件困难的事，形成鲜明对比。

这里介绍了当时环境的艰苦与困难。但是我仍乐此不疲，付出劳动，换取读书的机会。

引例："每假借于藏书之家，手自笔录，计日以还。""天大寒，砚冰坚，手指不可屈伸。"《送东阳马生序》

读书条件艰苦。煤油十分珍贵，突出作者好学的精神，也突出我在苦难中仍坚持读书。

苦难描写。一个本子要用三遍，足以看出条件之艰苦。

这是作者的又一次经历，家中经济困难的情况下，矛盾而苦恼的心情，十分形象地写出我对本子的珍惜。

一个鸡蛋像是一个男孩的希望。

几个词又一次体现出我对本子的珍惜，帮助作者养成节俭的习惯。

节俭的好习惯。

常听一些长者说："人只有享不了的福，没有吃不了的苦。"我深以为然。只要咬紧牙关，一切困难都能挺过。回首来时路，你会发现，那些经过岁月打磨后的苦难，竟是一粒粒璀璨夺目的珍珠。

文章结尾是升华主旨，困难逝去后，留下的是珍珠。

亮点：就题目而言，作者用了一个比喻的手法，把苦难形象地比喻成珍珠，突出作者对苦难的回忆与珍惜。

从整体来看，文章层次清晰，分为三个整体部分，使结构形象地跃然纸上，紧密而又有层次。

选材方面，写出作者儿时的三件事：糖果，书籍与学习用品的紧缺，反映出作者生活的困难，但又侧面体现出作者面对困难却不放弃自己的梦想。最后突出主旨，当苦难过去后，留给作者的是珍贵的回忆。

语言方面，本文没有用华丽的词藻，而是用最朴实、最平淡的语言，但读起来令人感到亲切，回味无穷，语言素雅却又朗朗上口，最真切地感受到作者所经历的苦难。

创新：在第六段中，由作者工作而换书来学习，联想到《送东阳马生序》中"家贫，无从致书以观，每假借于藏书之家；天大寒，砚冰坚，手指不可屈伸。"

吕佩伦 ◎ 评

═══ **知识链接** ═══

枫糖是"枫叶之国"加拿大最具代表性的特色产品之一。东起魁北克城，沿圣劳伦斯河向西一直延伸到尼亚加拉大瀑布，就是加拿大著名的"枫树大道"。在这块长达800公里的地带上分布着大小糖厂上万个，年产枫糖3.2万吨，占全世界总产量的80%以上。

文／薛　峰

蒋雯丽：有梦就能飞

　　她从小就是一个活泼好动的女孩子，那时她喜欢看体操比赛，时常被体操运动员优美灵巧的身姿吸引，于是她便梦想自己有一天也能登上体操比赛的舞台。鉴于她的这个爱好，5岁那年，父亲把她送到市体操队。在体操队，她很努力，也练得很苦，小小年纪常常累得直哭，但仍咬牙坚持着。可是，她常被冷落和忽视。因为体质原因，教练根本不看好她，到后来甚至干脆把她撇在一边。就这样，练了五年体操，她却没能转为正式队员。

　　没成为体操运动员，她只好回学校读书了。由于她性情比较孤僻，在学校里她没有知心的伙伴，每天都是一个人默默地学习。幸好她遇到了一位和蔼的老师，他关心鼓励她，让她觉得老师是这个世上最温暖人。于是，她梦想将来能当一名老师，与学生和睦相处，与学生为友。只是很遗憾，她的梦想又破灭了。因为当年她的高考成绩不好，只能进一所中专学习。

　　中专毕业，她被分配到一家自来水厂，成为一名普通工人。一向心高气傲的她不甘平寂，萌生了第三个梦想——当一名作家。为此，她很投入，阅读了大量文学书籍，并且勤奋地练笔。可是，由于受文学基础和生活环境所限，她一直找不到好的写作题材，自然没有什么成就。而当个作家的梦想，让她很是苦恼。

開门见山，体现了她本性的活泼。

体现了蒋雯丽的毅力与执著，以及追求梦想时的艰辛毅力和坚持不懈！

她的又一个性格特点——比较孤僻，没有知心的伙伴，十分寂寞无助，只能默默学习，为她后来梦想成为一名老师作铺垫。

体现出了她的第三个性格特点，"心高气傲""不甘平寂"，又一次为自己定下梦想，成为一名作家。

她一直在坚持自己的梦想，没有放弃。

于是，她有了第四个梦想——成为一名演员。事情起因是这样的：水厂里举行文艺晚会，有一个节目是大合唱，缘于人员不够，原本没有什么表演天赋的她被人拉到了舞台上充数。那是她第一次站在舞台上，她年龄最小，个头也不高，被安排站在队伍最后一排的边角。可就是因为这一次演出，她萌发了一个念头，要当演员。因为她发现，站在高高的舞台上，接受下面的欢呼和掌声，那感觉实在美妙。

这是她的第四个梦想——站在高高的舞台上接受下面的欢呼与掌声。

而当年正巧赶上北京电影学院招生，她父亲要去北京出差，她就跟着去了。2000多人报考，只招录15人。没有一点儿表演功底的她并非一路畅通，三试被安排在替补场。然而，她的一段命题小品"唐山大地震"打动了所有老师。她用内化的表演，诠释了失去亲人的痛苦、无助和绝望，也把自己送进了表演艺术的大门。

她用自己的行动去打动别人，用自己的努力去追求梦想，最终实现了自己的梦想。

于是，接下来，她一点点接近梦想。

随着电视剧《牵手》《中国式离婚》《金婚》的热播，她成了家喻户晓的明星，她以自己独特的风格、精湛的演技诠释着一个个普通人物的命运，广受好评。

命运的多变造就她诠释和塑造了一个又一个普通人物的命运。

没错，她就是当红影星蒋雯丽，目前国内最具实力和魅力的女演员之一。

2008年，凭借与丈夫顾长卫首次合作的电影《立春》，蒋雯丽获得国际大奖——第二届罗马电影节最佳女主角奖。随后在第七届金鹰电视艺术节上，她双手捧起了三只"金鹰"奖杯：观众喜爱的电视剧演员奖、最佳表演艺术奖和最具人气演员奖，成了此次艺术节的最大赢家。

人生总是曲折坎坷的，没有谁会一帆风顺，跌倒了再爬起来，梦碎了再做一个，就能获得最后的成功。关键是需要坚持，需要毅力，需要你适时地变换出口和方向，让梦想生出坚强有力的翅膀。

全文重点，阐明观点，点明主题，使文章富有深意。

如今，蒋雯丽这只"金鹰"已高高飞起，因为是梦想在心中涌动。梦想的翅膀一旦展开，收获的必将是成功与荣耀。

点明中心，深化主旨。

　　主题：本文以蒋雯丽的坎坷经历告诉我们，人生总是曲折坎坷的，没有谁会一帆风顺，跌倒了再爬起来，梦碎了再做一个，就能获得最后的成功。关键是需要坚持，需要毅力，需要我们适时地变换出口和方向，让梦想生出坚强有力的翅膀，梦想的翅膀一旦展开，收获的必将是成功与荣耀。

　　启示：在我们人生的路上，不可能一切都是一帆风顺的，最重要的是我们是否有梦想，并在坎坷的道路上坚持，用毅力去追求我们的梦想。

　　感想：我想在我们人生的道路上没有一帆风顺的时候，关键是在心中怀有梦想的翅膀。那是一对隐形的翅膀，即使你的生命沉入万丈深渊，有了它你也一定会东山再起，重新飞向梦想的蓝天。它会在我们生命黯淡之时悄然为我们点燃生命的烛光，它会在我们心灵干涸之时为我们送来甘凉的慰藉。

崔城玮 ◎ 评

■■■■ 知识链接 ■■■■

　　蒋雯丽，著名女演员，获得众多专业奖项。1993年与电影摄影师、导演顾长卫结婚。作为一名演员，蒋雯丽从《牵手》到《刮痧》再到《大宅门》，其所塑造的每一个人物形象都深受观众喜爱。

文／昆仑山人

信仰因爱而璀璨

开篇写状况的窘迫，与后文他的乐观形成对比照应，体现了他乐观豁达的精神品质。

"然而"体现出他的勤奋，因为无论有多忙，他都坚持创作。

体现了他的勤奋刻苦。写出了他对文学的喜爱与对生活的向往。

作者的感悟升华，引出了"信仰"，此处与文题相照应。

因为心中有信仰，所以做什么都不感到累。

因为是发自内心的喜欢，所以说坚持着做下去。

有个朋友，在一家濒临倒闭的化工厂工作，他每天穿着肮脏的沾着机油污垢的劳动服穿梭在车间，充斥他耳目的是车间里机器的巨大轰鸣声、铁锤锻打配件的叮当声。为了生活每天他满负荷地运转，经常性地加班，下班后还要照顾自己开的鲜花店和身体衰弱的父母亲。

然而，无论多忙，他都要抽出时间写作，它经常性地在车间里休息的间隙构思文章，甚至晚上后半夜下班后熬上一个通宵把因工作繁忙而拉下的写作补上。有一次凌晨五点睡得迷迷糊糊的我接到他的电话，他兴冲冲地说下夜班后睡不着，熬了一个通宵写了六千多字，写完后心情非常愉快，幸福得一塌糊涂。这种信仰的追求如同一只在沙漠里跋涉了很久的骆驼，走过漫漫长路后终于觅得一方绿洲，这种幸福的感觉我理解，并深有体会。我想支撑这种幸福的，就是不懈的信仰和追求。我问他，写了一夜稿子身体很累了，不要把自己弄得这么苦，他说因为喜欢就不觉得苦，更不觉得累，我追求写作是一种信仰，一种热爱，尽管走在这条道路上我很寂寞，但是对文字的热爱，深刻地改变着我的内心世界，信仰因爱而璀璨啊！

这是一种灵魂的信仰，深入骨髓，改变着与众不同的人生。

我想起以前在报纸上看过的一个新闻报道。一位母亲在小孩出生两个多月后发现小孩患了一种怪病，随着时间的推移，小孩的肌肉慢慢萎缩，肢体僵硬不能活动，医生说这是一种罕见的病，发病率只有万分之一，这样下去没有多大生活的希望，最终会成为植物人。有人劝她重新再生一个，还有人恶毒地劝她给小孩断奶或者悄悄扔掉算了。她的回答是：只要我活一天，我就要让孩子享受一天母爱。

五年后，记者和医生回访了她，她的小孩能够行走，萎缩的肌肉变得丰满，小孩子能够简简单单地说话。她的做法是每天不间断地给小孩按摩，小孩的胳臂不能活动，她就在床边调上两个吊环，将孩子的手绑在吊环上每天不断重复地上下左右活动。她用母爱创造了生命的奇迹，她给记者说过这样一句话：只有给不出去的爱，没有用不完的情，我坚信我的孩子能够好起来。

这是一种爱的信仰，贯穿日月，熠熠生辉，提升着母爱的境界。

大作家托尔斯泰说过：靠信仰支撑生活的人，就像行人提着灯笼照亮前路，永远不会走到暗处，因为信仰之光一直走在他的前面，这样的生活也无须畏惧艰难困苦，因为信仰的灯笼会照亮前路，直到人生的彼岸。

一个人必须培植自己的信仰，克服本身的厌倦和懒惰。但是，当心灵没有被坚定的信仰彻底渗透时，也必须这样做吗？我想，一个人可以不去顾及身体的软弱与坚强，但是不能不管信仰的软弱与坚强。

信仰，如同一支在黑夜里寂寞燃烧的蜡烛，即便全世界一片黑暗，但是它仍然有继续燃烧下去的理由。信仰，像极了地表下运动的火焰浆，尽管我们肉眼看不见它内心的疼痛、期待，但是在地表的重压下它没有停止奔腾，当经过岁月无常风云的洗礼，地表

引用具体事例来写信仰的重要。

文章中写这种病的罕见，同时也体现了孩子的不幸。而与后文的母亲的行动形成鲜明对照，写出信仰的重要。

引出信仰的重要，因为心中的信念，最终她成功了，终于挽回了生命。

爱的信仰，熠熠生辉，我们都要有一个信仰。

引用大文豪托尔斯泰的话作为点睛之笔，给读者一种力量。

结尾气势宏伟，给人一种伟岸的感觉，我们的生活因信仰而美丽，我们应向着信仰的彼岸起航，信仰是我们心中的砥柱。

在结尾作了美丽辉煌的点题。

崇山峻岭的锻打，总有一天它会找到突破口，在火焰喷薄而出的一刹那，炽热的岩浆在天地之间树就一块绝美的丰碑，上面写着：信仰因爱而璀璨！

点评

仅一言逸联想，
既然有了信仰，便要扬帆起航。
更重要的——
我们也要风雨兼程。

张竣然 ◎ 评

═══ 知识链接 ═══

信仰，是指对圣贤的主张、主义或对神的信服和尊崇，对鬼、妖、魔或天然气象的恐惧，并把它奉为自己的行为准则。信仰与崇拜经常联系在一起，但是与崇拜还有不同。概括地说，信仰是人对人生观、价值观和世界观等的选择和持有。

文／薛　峰

积累飞翔的梦想

　　她从小就是一个性格倔强的女孩子，由于童年正赶上"文革"，父母被下放到乡下，陪着她的只有外婆一人。她没有兄弟姐妹，没上过幼儿园，没有玩伴儿，她能做的就是整天待在一个封闭的大院子里自娱自乐。这给了她一个压抑的童年，而无形中也培养了她独立的个性。

　　她从小就向往在沙漠旅行，茫茫戈壁成了她梦想的天堂。大三的那个暑假，女孩与同班的两个男孩一起踏上西去敦煌的列车。一天黄昏，趁男孩们出去买东西，她借来一支手电筒，怀揣一把尖刀，头裹一块围巾，毅然向沙漠走去。她像一只终于冲出了囚笼的小鸟，边走边唱，欢快至极。夜幕降临，四周漆黑一片，天寒如冰，她衣裳不足御寒，牙齿不住发颤。她用尖刀从四周挖来一堆锋利且坚硬的蕨类植物，用围巾引火，燃起一小堆火取暖，浑然不觉身外的恐怖。两个男同学循光找到女孩，见她一副悠然自得的样子，异常恼怒。一个说："你不怕渴死？""你不怕冻死？"另一个说："你不怕沙漠豺狼？""你不怕沙漠平移？"女孩无畏地说："我不怕，我有手电。"手电能抵御什么危险？两个人都有些糊涂，但两个男孩被她幼稚的想法逗乐了。

　　大学毕业后，她走进陌生的单位大门，事事不顺，

　　直入主题叙述，记述主人公来历与经历，从而自然表现出她的性格，为后文独行沙漠作铺垫。

　　叙述事件起因，并交待了她走向沙漠的原因。

　　运用比喻的修辞方法，将她比喻成出笼之鸟，表现出她多年的压抑和对自由快乐的渴望。

　　用两个男孩子的问话与女孩的反应衬托出她心中的力量，她的勇敢，无所畏惧。

　　这里的手电指的是什么？是小女孩的勇气与信念。

情绪低落，又像回到了被囚禁的童年时光，因此意志消沉得像换了一个人。不久，她收到两封挂号信，拆开一看，一封寄自海南，整张白纸上只有一句话：我不怕，我有手电。另一封寄自纽约，只有一幅画：漆黑的夜空，一束手电光刺向高远。蓦地，女孩发觉多年前的那道手电光照亮了她的心空，她忽然明白手电是干什么用的了。这个手电就是她的勇敢和信念。长大之后的她懂得了这个社会有很多潜规则，有了无奈和无助。这时的她才发现，她其实是输给了自己的成长，她之所以意志消沉，是因为她的内心胆怯了。于是，她从此拾起了梦想，相信梦想就是奇迹的前提，开始振作起来，勇敢地蹚过岁月的险滩，振奋前行。多少年后，女孩博士毕业，开始为中央电视台的《正大综艺》《中国报道》《环球》等栏目担任撰稿人，并为《东方时空》《今日说法》和《新闻调查》等栏目策划，成为一位幕后受欢迎的策划人。

2006年国庆期间，她终于从幕后走向了荧幕，在《百家讲坛》讲解《论语》《庄子》，超出想象，她竟然一下子火起来了，其名字可谓家喻户晓。

她叫于丹，现为北京师范大学教授、影视学博士、硕士生导师。

在一次面对记者的采访时，身穿一套粉黄色职业套装的于丹，留着一头精神的黑色短发，颈间有一抹米黄色的丝巾，一双明亮的眼睛自信而坚定。她给观众讲起人生最难忘的一段经历，即是上面的那个小故事。末了，她这样总结自己的成长：人在年轻时不一定要积累经验，积累很多向现实妥协的原则；人要积累的，可能就是勇敢、荒唐和梦想。

是的，人需要积累的就是梦想。因为梦想是成功最大的动力，因为梦想是平凡生命里最美的亮色。一个人可以没权没钱，但却不能没有梦想，这是人生旅程中深刻的铭记。丢开懦弱和做作，抛去消沉和烦躁，累积起每一个向上的梦想吧，迎接飞翔的爆发。

挂号信只属了地址，但联系前文，可以肯定这两封信出自于两个男孩。

正是那手电的光芒，唤醒了小女孩曾经的勇气。

基于这种信念，她终于走向了自己的辉煌。这里作者例举了女孩长大后的功绩与成就，体现出了信念，勇敢向前的重要性。

结尾才揭秘，使读者耳目一新。

对于丹的细致的肖像描写，体现出于丹的自信。

引用于丹的名言，突出中心，人生要有勇气与梦想。

结尾总结全文，表达作者的崇敬，体现作者的思想，升华主题。

A：前文记叙了一个从小就性格独立的小女孩，勇敢地独自在沙漠中享受时光，为她日后以勇敢来克服困难作铺垫。后文写她经过不断的努力，最终拥有了绝对的成功。

B：是啊，就像于丹说的那样，"人在年轻时不一定要积累经验，积累很多向现实妥协的原则；人要积累的可能就是勇敢、荒唐和梦想。"只有勇敢，我们才能去荒唐，只有荒唐，我们才能拥有奇特的梦想，只有有梦想我们才能去追逐，最终拥有闪亮的人生。

C：梦想的力量：于丹为什么能成功？最基本的原因就是心怀梦想。就像文章最后一段所说的。人需要积累的就是梦想。从我们第一次睁开晶莹的双眸起，我们就开始了对梦想的追寻。有了梦想，才能拥有希望。就好比美丽的花朵曾经是一颗种子，我们要播撒希望之种，去等待开花的一天。

D：勇敢的力量：人生之中有许许多多的挑战，我们克服挑战的最基本要求是什么？是勇气，有了勇气，我们才敢梦想，俗话说得好，不想当将军的士兵，不是好士兵。所以，我们要有勇气去拥有梦想，有勇气去实现梦想。在这些路途中你可能失败摔倒。当你摔倒100次，你就要第101次站起来，心中只有一个想法，那就是我的梦想一定能实现。

E：有些时候，你在追求梦想时会遇到一些人，他们总是说你的做法"太荒唐"，这时不要心惊，只要你做得是对的，那么不要管外界的干扰，这样才能成功！

李瑞格 ◎ 评

知识链接

于丹，北京师范大学艺术与传媒学院副院长，中国古代文学硕士，影视传媒系主任，影视学博士，文学博士，教授，博士生导师，毕业于北京师范专科学校（现北京联合大学师范学院），1989年7月参加工作。在北京师范大学艺术与传媒学院先后任系主任、院长助理、副院长等。现为中国电视艺术家协会会员，中国视协高校艺术委员会秘书长，中国视协理论研究会特邀研究员，中央电视台研究处客座研究员，中国新闻研究会、中广学会主持人研究会、中广学会法制节目委员会常务评委，澳大利亚新闻集团首席顾问。

文／郁　娟

没有一种冰
不被自信的阳光融化

很多年前，高考并不容易，在我故乡的一个城市里的学校，50多个学生的班上能考上10个就很不简单了。一个落后的村庄就更别说了，一年考大学的十几个人中间只有一两个人如愿以偿。

我上高三的第一年名落孙山，从此一蹶不振，整天浑浑噩噩，像一棵蔫了的草。一张没有带给我荣耀的成绩单将我隔离在理想世界之外。当时，我一气之下想撕碎课本，认命与庄稼为伍，从此不再读书。父亲一直是乐观的，他没有责怪我，默默地拉住我的手，说："孩子别这样，东方不亮西方亮，人活一世，三十年河东三十年河西，没有过不去的坎，再复读一年吧，哪里的麦地不长庄稼?！"

那段时间我每天陪着父亲下地挖蒜、割麦、翻地。休息的时候，父亲总是以他的农村哲学给我灌输诸如"车到山前必有路""留得青山在，不怕没柴烧"，但他从不提及落榜之类的字眼，我知道他在忍受着内心的疼痛强装笑颜，小心地呵护着儿子可怜的自尊。我在内心深处用消极生活的态度筑起的壁垒被父亲的安慰一点点瓦解、崩溃。我可怜的父亲就像一头永不知疲倦的黄牛，一边在生活的阡陌上耕耘

比喻，将自己比作"蔫了的草"，生动形象地写出我落榜后的沮丧、颓唐、失落的情形。

父亲用农村哲学默默地支持我、鼓励我，让我走出消极，变得乐观起来，父亲的话中，蕴含着浓浓的爱呀！

以我的感情变化为线索，写出我从消极到乐观的一个循序渐进的过程，父亲默默的爱，让我的消极态度"瓦解崩溃"，父亲每日耕耘在生活的阡陌，又要

着那几亩并不肥沃的土地，一边在生命的田野上守望着我们这些因一时的风雨而倦怠、叹息的庄稼。

暑假过去了，新学期我卷起书本又重新加入到千军万马挤独木桥的行列之中。送我上路的那天，他特意刮了胡子，将脸洗得干干净净，穿了一身平时不怎么愿意穿的新衣服。我知道他是想以这种新的面貌来潜移默化地影响他的儿子，希望他以新的成绩来回报他全新的期待。我上车时他只说了一句："你肯定能行的"车开动了，车窗外九月的阳光将父亲结实的身影照耀得格外高大，我鼻子一酸，几乎掉泪，但强忍着没有让脆弱的泪水掉下来。父亲如此相信他的儿子，我还有什么理由不自信呢？

高三的学习是很紧张的，每当想偷懒时我总是不由得想起父亲的那句话"我相信你肯定能行的！"，于是奋起、埋头、苦学。那年暑假期末考试我考得并不怎么理想，回到家里我把自己的成绩如实相告，父亲说没事的。我尽可能多地帮父亲多干一些农活，以其洗刷因学习的失误带给父亲的痛苦。

有一次在河边放树，累了，我和父亲坐在河边的一块大石头上，父亲抽烟，我埋头，满腹的心事。看着河面上结得厚厚实实的冰，父亲突然问我："你知道冰什么时候开始融化的？"我不知他为什么要问这么简单的问题，脱口而出："天气变暖，气温升高的时候。"父亲笑了，一脸的执著："不，孩子，你错了。冰看似在一夜之间融化，但实际上是在很早以前，从最寒冷的那一天开始，冰已经融化，只是没有人注意到。你的失败不就是暂时的寒冷吗？没有一种冰不被自信的阳光融化，其实只要你自信，这失败的冰早就融化了。"夕阳的余晖洒在父子身上，脚下看似坚硬厚实的冰在水的起起伏伏中一点点融化。真的，仔细观察确实如此。父亲的意思我懂。

那年七月我被西安的一所重点大学录取。印证了父亲说的那句话"冰实际上是从最冷的那一天开始融

为我失败后的消极的生活态度而付出心血，守望着我。语言含蓄隽永、意韵深长。

"高大"表层指父亲的背影高大，深层暗指父亲在我背后默默地付出，让我为之感动，在我心中的地位便高大起来，表达出我对父亲的爱，引起下文。

点明文章主旨，升华主题，紧扣文题"没有一种冰不被自信融化"。失败仅是暂时的寒冷，自信地面对生活，心的世界便会潇然冰释，春暖花开。

篇末点题，令人回味。

化"。现在，我们度过了最寒冷的时候，幸福的阳光每天都慷慨地洒在我们身上，我知道，没有一种冰不被自信的阳光融化。

　　没有一种冰不被自信的阳光融化，本文很好地诠释了这句话，但也同时诠释着一个爱的真谛。"没有一种冰不被爱的阳光融化"，正是父亲的默默支持与鼓励，才使原本徘徊在崩溃边缘的我，变得乐观、自信，走向成功，赞美了伟大的父爱，表达对父亲的感激之情。

　　本文在阐述父爱的伟大的同时，更告诉了我们一个生活的哲理，失败仅仅是暂时的寒冷，其实只要你自信，失败的冰就会被自信融化，应该自信、乐观地面对生活，即使"一年三百六十日，风刀霜剑严相逼"，也应该有一份"长风破浪会有时，直挂云帆济沧海"的对未来坚定不移的目标，毫不畏惧，勇敢、自信地迈向远方，而非永远停留在无法改变的过去。

　　青春是用意志的血滴和拼搏的汗珠酿成的玉露琼浆，青春是永不凋谢的希望和不灭的向往编织的七彩虹桥，绚丽辉煌。

　　流年的浪花荡漾在岁月的堤岸，在成长的过程中，一路迤逦。父母给予我们对未来的信心，让我们通过自己的努力与拼博，书写壮丽的人生画卷；给予我们在无助与迷茫中一丝光亮，让我们心的世界悄然冰释，春暖花开，重拾自信；给予我们跌倒后继续向前走的信心，让我们结满坚冰的心在自信的阳光、爱的阳光中，慢慢融化。

蒋纯冰 ◎ 评

=== **知识链接** ===

　　中国的普通高等学校招生全国统一考试简称高考，是中华人民共和国的重要的全国性考试之一。普通高等学校招生全国统一考试的定义是：合格的高中毕业生和具有同等学力的考生参加的选拔性考试。高等学校根据考生成绩，按已确定的招生计划，德、智、体全面衡量，择优录取。因此，高考应具有较高的信度、效度，必要的区分度和适当的难度。高考以省为单位。虽然名义上为全国统一考试，但部分试题并不是全国统一的。考试的形式是闭卷考试，考试内容由国家教育部统一划定（高考考试大纲），考试采用笔试方式。

文／薛 峰

当逆境到来时

那年生病，我对父亲抱怨，说生活是如何如何痛苦、无助，我是多么想要健康地走下去，但是我已失去方向，整个人惶惶然然，感到很累，很烦恼。

当厨师的父亲，二话不说，拉起我的手，走向厨房。

他烧了三锅水，当水滚了之后，他在第一个锅子里放进萝卜，第二个锅子里放了一枚鸡蛋，第三个锅子中则放进了咖啡。

狐疑的我望着父亲，不知所以然，而父亲则只是温柔地握着我的手，示意我不要说话，静静地看着滚烫的水，以令人炽热的温度烧滚着锅里的萝卜、鸡蛋和咖啡。

一段时间过后，父亲把锅里的萝卜、鸡蛋捞起来各放进碗中，把咖啡滤过倒进杯子，问："孩子，你看到了什么？"

我说："萝卜、鸡蛋和咖啡。"

父亲把我拉近，要我摸摸经过沸水烧煮的萝卜，萝卜已被煮的软烂；他要我拿起一枚鸡蛋，敲碎薄硬的蛋壳，细心观察着这颗水煮蛋；然后，他要我尝尝咖啡，我笑起来，喝着咖啡，闻到浓浓的香味。

我谦虚恭敬地问："爸，这是什么意思？"

父亲解释，这三样东西面对相同的逆境，也就是

作者采用"开门见山"的手法，直接写出了自己因生病而苦恼的心情，流露出作者萎靡不振的状态，溢于言表。

作者并不明白父亲这样做的意图，无奈之下只好静观其变。

作者看到的只是外表上看似坚硬的事物，为下文对比它们的状态作铺垫。

咖啡不同于萝卜与鸡蛋：它并没有经过滚水的沸腾后变得软弱，不堪一击，而是战胜了它，最终变成了香浓醇厚的咖啡。

"我"已经长大成人，但遇到困难时还是软弱了，屈服了，投降了，说明"我"还没有自己独立面对困难的勇气。

本段运用了排比的修辞方法，气势宏大，如雷贯耳。列举了不同事物面对坎坷时的状态。咖啡不仅能勇敢地面对困难，同时也能够化压力为动力，使自己变得更强大。

不同的人的"逆境商数"是不同的，只有那些AQ高的人，才能改变当下的困境，走出沼泽。

有的人，当被坎坷所羁绊时，不屈服投降；而有的人，却萎靡不振，如同凋零的残花落叶。而我们能做的，只有乐观面对，不断磨砺自己，最终将如同凤凰般浴火重生。

滚烫的水，反应却各不相同，原本粗硬、坚实的萝卜，在滚水中却变软了，虚烂了；这个鸡蛋原本非常脆弱，它那薄硬的外壳起初保护了它液体似的内容物，但是经过滚水的沸腾之后，蛋壳内却变硬了；而粉末似的咖啡却非常特别，在滚烫的热水中，它竟然改变了水。

"你呢？我的孩子，你是什么？"

父亲慈爱地摸着虽已长大成人，却一时失去勇气的我的头："当逆境来到你的门前时，你做何反应呢？你是看似坚强的萝卜，但痛苦与逆境到来时却变得软弱，失去力量吗？或者你原本是一枚鸡蛋，有着柔顺易变的心？你是否原是一个有弹性、有潜力的灵魂，但是却在经历死亡、分离、困境之后，变得僵硬顽强？也许你的外表看来坚硬如旧，但是你的心和灵魂是不是变得又苦又倔又固执？或者，你就像是咖啡？咖啡将那带来痛苦的沸水改变了，当它的温度高升到一百多度时，水变成了美味的咖啡，当水沸腾到最高点时，它就愈加美味。如果你像咖啡，当逆境到来，一切不如意时，你就会变得更好，而且将外在的一切转变得更加令人欢喜，懂吗，我的孩子？你要让逆境摧折你，还是你来转变，让身边的一切人和事物感觉更美好、更善良？"

父亲的话让我豁然开朗。

这就是逆境商数AQ，指的是人面对困局时的反应。保罗·史托兹在1997年提出了"逆境商数"（AQ：Adversity Quotient）这个词；顾名思义，就像人的IQ有高有低，AQ也是一样，有些人突破逆境、走出困局的能力，就是比较强。

面对困局时，有人从此一蹶不振、怨天尤人；有些人则是试着改变自己，重新出发；而有些成功的人，正是以高AQ突破逆境的最好例子，他们都是在经历一连串的打击，几近绝望之时，走出泥沼展开新生活；而他们所展现的逆境商数，相当值得借鉴与学习。

电影《班杰明的奇幻旅程》中，有这样一段话："你可以像生气的狗一样，对着事情过去的方向愤怒；你可以诅咒、辱骂命运，但到最后，你还是得看开。"遇到逆境时，不正是这样？有些人会就此一蹶不振、自怨自艾；有些人则会在历经上述阶段之后，很快地转换心境，让自己重新站起来，开创新的人生舞台。

接下来，让我们共同重拾信心，追逐新的开始，迎接新的挑战！

当黯淡在夜空中袭来时，当荆棘羁绊在前进的旅途中时，要怀有一颗乐观向上的心，去正视当下的坎坷，那么，所有的曲折都将烟消云散。

面对困难，唯一能做的，只有坦然地面对。

本文记叙了作者遇到挫折时，父亲对作者进行启发、教育，论述面对困境，不应该软弱、颓废，而应该积极向上，突破困境，走出困局，提高AQ，以高AQ突破逆境。

读过全文，深受启示。人的一生要经历多个坎坷与困局，如果像萝卜那样，在逆境中失去信心，变软，腐烂，那么将会毁灭自己，一事无成。如果像咖啡粉那样，耐得高温，那沸水将会改变，变为美味的咖啡，香美醇厚。

因此，当我们遇到困境时，不能一蹶不振，怨天尤人，应该试着改变自己，重新出发，历练自己，尽快走出困境。这样，人生才会绚烂多彩。

丛华 ◎ 评

知识链接

"咖啡"(Coffee)一词源自埃塞俄比亚的一个名叫卡法 (kaffa)的小镇，在希腊语中"Kaweh"的意思是"力量与热情"。茶叶与咖啡、可可并称为世界三大饮料。咖啡树是属茜草科常绿小乔木，日常饮用的咖啡是用咖啡豆配合各种不同的烹煮器具制作出来的，而咖啡豆就是指咖啡树果实内的果仁，再用适当的烘焙方法烘焙而成的。

心中的香格里拉

一番艰辛苦痛，找到的是生命的真谛：解开以爱的名义捆缚亲人的铁链，自己的生命也会于受伤后尽快复原；宽恕别人犯下的罪，自己的心灵也会变得地阔天宽。

文/诗 雨

心中的香格里拉

　　刚看了一部电影:《这儿是香格里拉》,我国台湾著名导演赖声川监制、丁乃筝导演,讲述女主人公季玲失去钟爱的儿子后,一个人去香格里拉找回自己的灵魂的故事。唯美的色调,悲情的情节,以及略带悬疑的线索设置,使整部电影美轮美奂,扣人心弦。

　　一场意外的车祸带走了季玲可爱的儿子,也粉碎了她幸福美满的家。她内疚,因为是她和老公打电话,对儿子疏于照看,才使悲剧发生;她痛苦,因为儿子的离去,带走了她全部的灵魂;她仇恨,因为肇事者没有停车抢救孩子,而是逃之夭夭。她不停地怀念,因为无法遗忘;不停地起诉,意图为子报仇。丈夫被忽略,家庭生活变得压抑而灰暗,一切都无可挽回地绝望。

　　然后,她无意中在儿子房间里找到一张寻宝游戏的纸条,她边哭边笑:因为这是儿子生前最爱和她玩的游戏,纸条直指云南香格里拉的圣山。

　　就这样,她独自出发去了香格里拉,然后,意外跌落到云雾笼罩的悬崖下面。等她醒来,却发现自己到了一片宁静、安谧的天地,这里绿草茵茵,牛羊成群,洁白的圣山映着蓝天,如梦如幻。一个小男孩,有着棕红的小脸蛋,一身朴素的藏民装扮,带她骑马,听她唱歌,看她流泪,然后给她宽慰。最后,小男孩说:

　　文章的开头就点题,说明自己看了一部名字叫做《这儿是香格里拉》的电影。

　　这部电影主要讲述的就是女主人公季玲失去钟爱的儿子后,一个人去香格里拉找回自己的灵魂的故事。

　　"唯美""悲情""略带悬疑""美轮美奂""扣人心弦"几个词语用得恰到好处,从它们中也可以看出作者对电影的喜爱以及作者从影片中悟出的道理。

　　此处是环境描写,写出了一片安谧宁静的天地。写了这样一种环境,由此可以看出女主人公对这种环境的向往。

走，我带你去看我的宝藏。当她跟着他到达圣山脚下，抬头仰望，却看见山顶上有一个穿藏袍的小女孩，逆光而立，宛似仙女。

她不明其意，笑着调侃："你的小女朋友？"

小男孩严肃地摇摇头："不，她是我的爱人。"

"你很爱她？"

"是的。"

"这就是你的宝藏？"

"是的。"

但是，小男孩却痛苦地说：我的爱人等着我，我却走不了，我很辛苦。她诧异地低下头，却看见小男孩的脚踝上不知道什么时候，竟然捆绑上了粗粗的铁链。她心疼地蹲下身去解，小男孩竟然深情地抚摸着她的头发，叫她"妈咪"。

原来，这就是她深爱的儿子，因为她不停地牵念，使得他无法脱身奔向自己的世界，很辛苦地留恋在她的身边，用忧伤的眼睛关注着她，听她在一群藏民热情的邀约下唱儿歌："两只老虎，两只老虎，跑得快，跑得快，一只没有耳朵，一只没有尾巴，真奇怪，真奇怪。"

季玲泪流满面，给儿子解开缠脚的铁链，放他轻身飞去，同时自己也解开了缠绕在心上的爱与恨，苦与痛。

其实，这一切不过是她跌下悬崖后，昏迷时的幻觉。醒过来看到的，是医院的病房，以及陪伴在她身边的丈夫，正对她深情凝望——原来放走了爱，爱还在。

那么，放走恨呢？

她终于撤消起诉，然后在那个已经得了绝症，行将去世的"凶手"面前，听他忏悔。"对不起"三个字，重逾千钧。

她把孩子的小房间彻底整理，该洗的洗，该换的换，儿子照片前飘摇的白蜡烛也拿走，然后从枕套里

将一个穿藏袍的小女孩比作了仙女，这也就是那个小男孩所指的宝藏。

小男孩感到十分痛苦，因为有铁链在小男孩的脚上，这铁链正是缠绕在女主人公身上的爱与恨，苦与痛。

几个动词"用""关注""听"，可以看出她深爱的儿子仍留恋在她的身边，一直都十分辛苦，她还在为一群藏民唱着儿歌。她的儿子因为她的牵念无法脱身于自己的世界。

作者的笔锋一转，并没有再继续叙述，而是写这一切都是女主人公的幻觉。

后文又写了"爱"与"恨"这两种完全相反的事物，从中可以看出来女主人公放走了爱与恨。

她解开了以爱的名义捆缚亲人的铁链，这样她自己的生命将会在受伤后复原。

抖出一本书，一帧帧的画全都是香格里拉的神山，其中一页夹着孩子从妈妈脚上拿下来的脚链，还有一张字条，上面写着："妈妈，找到了。"

找到了什么？

一番艰辛苦痛，找到的是生命的真谛：解开以爱的名义捆缚亲人的铁链，自己的生命也会于受伤后尽快复原；宽恕别人犯下的罪，自己的心灵也会变得地阔天宽。

所以，美好的香格里拉啊，它不在南，不在北，不在西，不在东，它只存在于我们的心中。

宽恕他人犯下的罪，自己的心也会变得地阔天宽。

香格里拉并不在世上的某些地方，而在我们心中。

本文的题目《心中的香格里拉》，是电影《这儿是香格里拉》的高度概括。主要写的就是女主人公季玲失去了钟爱的儿子后，一个人去香格里拉找回灵魂的故事。对电影的评价则是"唯美的色调，悲情的情节，以及略带悬疑的线索设置，使整部电影美轮美奂，扣人心弦"。

车祸带走了季玲可爱的儿子，也粉碎了她幸福美满的家。她内疚，因为她是在和老公打电话时，对儿子疏于照看，才使悲剧发生；她痛苦，因为儿子的离去，带走了她全部的灵魂；她仇恨，因为肇事者没有停车抢救孩子，而是逃之夭夭。她不停地怀念、起诉，她的丈夫也被忽略。这是故事的起因。

从这篇文章中作者获得了这样一个启示："一番艰辛苦痛，找到的是生命的真谛：解开以爱的名义捆缚亲人的铁链，自己的生命也会于受伤后尽快复原；宽恕别人犯下的罪，自己的心灵也会变得地阔天宽。"

"所以，美好的香格里拉啊，它不在南，不在北，不在西，不在东，它只存于我们心中。"

李丹 ◎ 评

知识链接

香格里拉一词，意为"心中的日月"，英语发音源于康方言南路十语群体中甸的藏语方言。"香格里拉"一词早在一千多年以前藏文献资料中就有记载，汉语拼音字母音译转写作"xamgyinyilha"意为"心中的日月"。香格里拉一词的含义与中甸县古城藏语地名"尼旺宗"相一致。后来，"香格里拉"这一词汇被小说《失去的地平线》介绍引用后成为一个特有地名。

文／凉月满天

每只苹果都
享受长出来的过程

年轻人有一种不服输的干劲，预示了他成功的必然性。

这个缺乏经验的年轻人纳闷老戏骨的行为，为下文作铺垫。

他是一个演员，第一次拍电影却恶评如潮，大家说他是"木头脸"和"稻草人"。

他严重怀疑自己不是拍电影的料，可是当导演再一次找他拍戏的时候，他不甘服输，还是接了。

今天要拍一场他和上司的对手戏。

扮演他上司的老头是个老戏骨，身躯庞大，开拍之前坐在那张古旧的道具椅子上，压得椅子吱吱嘎嘎。他想：这人干嘛呢，不怕压塌了啊，这不是没事找事嘛。

老戏骨似乎知道了他的想法，笑眯眯地看看他。

正式开拍了。

上司靠着椅背，懒洋洋打量他："知道我为什么喜欢在这里就餐吗？"

他摇头："不知道。"一边随意地看了看四周，眼神却表现出几分不以为然。

"因为便宜。"上司意味深长，"我的钱是用命换来的，舍不得乱花。"

他针锋相对："我的钱只论够不够花，不论舍不舍得花。"

"吱嘎！"

上司身下的椅子突然发出刺耳的声音，他猛地一惊，那一瞬眼睛漆黑，收缩如针。两个人一言不发地对视，只有老头手里的雪茄的烟雾袅袅升起，把两个人都笼罩进去，空气里弥漫着浓得化不开的张力。

"卡！"要求一向苛刻的导演站起来，眼中闪烁着激动的光彩。

一条就OK！

下了戏后，他问那个老头子："您是故意要让那把破椅子发出声音的吗？"

老头说："是啊。别看这把破东西不起眼，关键时刻能营造气氛的。"

他想起自己拍第一部电影时的光景，只一心注意什么样的角度对着镜头能把脸拍得更英俊，根本没有融入角色之中，更不会想到这么细节的东西，难怪会被人批评电影不像电影，倒像MV。

当时，他想，自己就好比老头屁股底下的那把椅子吧，用力发出声音，只想提醒别人自己的存在，结果却只制造了让人心烦的噪音，顺便也提醒别人这是一个废品。而现在，自己要做的是那个坐在椅子上、让椅子发出声音的人。

事实证明，他做得很成功，因为电影上映后，他的夺冠呼声最高。

可是结果却是残酷的，评奖中，他以一票之差落败。说不失落是假的，可是他想，怕什么呢？既然已窥门径，当然要走下去，路还长着呢。

此后三年，他兢兢业业地拍戏，三年后，在电影最高评奖殿堂的典礼上，他凭着一个不起眼的混混的角色，获得最佳男配角的殊荣；半个小时后，他又凭着一个木讷的中年人的角色，获得最佳男主角的殊荣。

虽然也想假装镇定，可是手在抖，腿甚至想打绊，高举奖杯，任凭闪光灯嚓嚓地狂闪，他的脑海里

生动的比喻，写出了他惊讶万分的形态，十分传神、生动。

上司身下的椅子发出的刺耳的声音和老头手里的雪茄的烟雾袅袅升起，成功地制造了一种紧张的气氛，又能看出他们入戏很深。

年轻人发现了自己的不足：没有融入角色之中，不注重细节。

而成功必定在积累了若干细节后才能到来。

可以说，他的成功是因为他虚心学习别人优点，注重细节，以及不甘服输的性格。

欢喜之情溢于言表。

映出来的是一个画面：

在一部电影里面，他曾经出演过一个小角色，一个女孩递给他一个又大又红的苹果，他看着它，困惑地说："苹果是怎么长出来的？"

女孩笑着说："当然是在树上啊。"

"那它享受长出来这个过程吗？"

当时他想，这谁写的烂台词啊。现在却突然明白了：自己就是一只正在享受长出来的过程的苹果啊。

作为一只苹果，怎么能只享受长成后鲜艳饱满的外皮、清润甘甜的汁水和被人捧在手心里时艳羡的目光呢？当然还要享受从一粒种子就开始的漫长等待，享受从一朵花就开始的满心期望，享受蜜蜂传粉时的喜悦悸动，享受作为一个小小的果核时，挣脱束缚一圈一圈长大时的痛痒，享受虫啃蚁噬的苦楚，享受风霜雨雪的考验，这样的人生才算完整啊。

从这个角度说，谁不是一只正在享受长出来的过程的苹果呢？谁又能不当一只享受长出来的过程的苹果呢？

他的职业生涯中，也遇到过低谷，找不到方向，就好像是青涩未熟的苹果，但经过磨砺、考验，他成熟起来了。他现在已经是一个泛着微红的苹果，而要想成为真正成熟的苹果，他还需要更多的锻炼。同时这一成熟的过程值得我们慢慢回忆品味。

这篇文章写了一个青年演员从无名小辈到大明星的故事。

在一次拍摄中，他受到老戏骨的启发，认识到拍戏是要融入角色的。于是，他开始改变自己，果然，他成功了，在那部电影中他的呼声最高。

此后的三年，他兢兢业业地工作、拍戏，终于得到了观众们的认可，成为了大明星。

纵观他的成功，我们不难发现，他的身上有着普通人没有的几点品质：不服输，虚心向别人学习，敢于改正自己的错误，努力。

其实最终成功了也好，失败了也好，最重要的应该是其中的过程。我们每个人都应该享受过程，当一只享受成长的苹果。

杨东 ◎ 评

═══ 知识链接 ═══

苹果，落叶乔木，叶子椭圆形，花白色带有红晕。果实圆形，味甜或略酸，是常见水果，具有丰富营养成分，有食疗、辅助治疗功能。苹果原产于欧洲、中亚、西亚和土耳其一带，于19世纪传入中国。中国是世界最大的苹果生产国，在东北、华北、华东、西北和四川、云南等地均有栽培。

中国电影华表奖是中国电影的最高荣誉奖，其奖杯采用的是北京天安门城楼前的华表造型，每年由国家广电总局对前一年度完成的各片种影片进行评选。其前身是文化部优秀影片奖，每年评选一次。

中国电影金鸡奖是中国电影界专业性评选的最高奖，由中国电影家协会主办，以奖励优秀影片和表彰成绩卓著的电影工作者。

大众电影百花奖是由中国发行量最大的电影刊物《大众电影》杂志社主办的一年一度的群众性评奖，和金鸡奖一起通称为"中国电影双奖"。百花奖只代表观众对电影的看法和评价，因此又被称为"群众奖"。

文/午夜香茶

永不放弃

为后文作铺垫。"不是……而是……"的句型为后文设置了悬念，引起读者的兴趣。

插叙的写作手法，介绍男孩的来历。

通过写男孩生身父母的做法来与后文中羚妈妈的做法相对比。

转折，承上启下。

羚妈妈的做法与男孩生身父母的做法相对比，体现出羚妈妈对男孩不离不弃的坚持和爱护。

通过写男孩的成功，突出羚妈妈的伟大。如果没有羚妈妈对他永不放弃的照顾，也不会有身体残疾的羚孩儿的成功。

从其他羚羊以及羚妈妈对他的看法，突出羚妈妈的努力的回报。

　　辽阔的青藏高原上，一群藏羚羊在拼命地奔跑。它们不是在躲避猛兽的追击，而是逃避科学家的围猎。因为在那群藏羚羊当中，有一个十六岁的男孩，科学家们叫他羚孩儿。

　　这个孩子是在十六年前，被一对年轻夫妇遗弃在青藏高原上的。因为他先天残疾，一条腿肌肉萎缩。青年夫妇想，与其让他长大了受罪，还不如早早去了。于是，他们便借着旅游的机会，把孩子扔到了青藏高原上，老虎吃了，野狼啃了，毒蛇咬了，他们都不再管。

　　可是，那孩子却命大，没被毒蛇猛兽吃掉，却被一只刚刚死了"孩子"的羚妈妈叼走了。羚妈妈把他当成了自己的"孩子"，每天用乳汁哺育着他，带着他在山野间奔跑、跳跃，即使在最危险的时候，羚妈妈都寸步不离他左右。

　　孩子一天天长大，学得像藏羚羊一样敏捷。虽然他的一条腿完全萎缩了，但另一条腿特别粗壮，奔跑起来手脚并用，一口气能跑50公里，单腿一登，能跳两米多高，在躲避猛兽追击时，他总是跑在羚群的前头。羚妈妈为他骄傲，所有的羚羊也都佩服他，因此他成了那群羚羊的"头羊"，还有好多"美女"追求他呢！

科学家发现他的时候，是在一次高原航空拍摄中。科学家们见他带着羚群蹿山跳涧，躲过狼群的追赶，都感到奇怪，人怎么可能有这么快的奔跑速度？有这么好的弹跳力？而且还是一个残疾人。这是一个奇迹，一个生命科学史上的奇迹。于是，科学家们决定捉到他，对他进行一番研究。

用疑问的修辞手法体现身体残疾的羚孩儿不可思议的奇迹。从而引发科学家的好奇。

　　终于有一天，他在掩护群羚跳跃山涧时被活捉了，群羚在山涧的那一头站成一排，发出阵阵哀啼。羚妈妈更是奋不顾身跳过山涧迎救，但很不幸，他已被科学家们绑上了直升飞机。

从羚妈妈的反应可以看出羚妈妈对羚孩儿的爱意浓烈和奋不顾身。

　　经过长达三年的人性化训练，羚孩儿学会了人类的语言、文字，也学会了人的生活习惯，当然，他也有了人的名字——藏羚人。科学家们对他的体能进行了测试，发现他的体能数据比正常人高出10倍。为了证明这一点，科学家们安排他和世界长跑冠军、世界跳远冠军、跳高冠军进行了一次别开生面的比赛，电视台还进行了直播。比赛的结果是，他长跑的速度比长跑冠军快一倍，跳跃的高度和距离也让跳高、跳远冠军望尘莫及。

通过他比赛的事来体现他的体能之高。文章线索清晰可见，照应后文。

　　藏羚人一下子成了超人，还上了报纸。这样一来，他的生身父母便找来了，要把他认回去。得到消息的藏羚人只给科学家留下了一张纸条，就消失得无影无踪。纸条上写："我不会认人类的父母，我只有一个母亲，那就是羚妈妈，因为她哺育了我，教会我奔跑和跳跃，让我学会了生存。我身体残疾，小的时候跳不起来，也跑不快，可羚妈妈从未放弃过，即使在最危险的时候，即使饿狼咬住了她的尾巴，她也没有放弃。正因为羚妈妈没有放弃我，我才有了今天。"

从羚孩儿的行为可以看出他对羚妈妈的感激，此处为文章的高潮。

纸条上的留言，形象生动地体现了羚孩儿对羚妈妈的爱。此处具体写了羚妈妈对羚孩儿的付出和永不放弃的耐心，正因为如此，羚孩儿才得以有了今天。

　　后来，人们经常在电视上看到这样的镜头：藏羚人陪伴在羚妈妈身边，在广阔的青藏高原上奔跑跳跃，身姿是那样的矫健、动人。所有的人都为之感叹，更让他的生身父母无地自容。

此段为作者的抒情，通过羚孩儿生身父母的无地自容来反衬羚妈妈的伟大、耐心。羚孩儿是幸运的。故事结尾。

　　一个生命来到这个世界上，就是这个世界的一员，即使他残缺不全，我们也没有理由放弃。给他一个适合生存的空间，让他体现生命的价值，才是我们应该做的。永不放弃，可以让一个生命坚强起来，可以让一个生命创造出奇迹。我们对每一个人，每一件事，都做到永不放弃，这个世界会变得更加充满生机，变得更加精彩。永不放弃的道理，人类应该比羚羊更懂得。

点明文章的中心思想。

点 评

羚孩儿是不幸的，他天生残疾，还被自己的生身父母抛弃在青藏高原上，生存机率微乎其微。然而，他又是幸运的。因为他遇到了羚妈妈，羚妈妈哺育他，教他奔跑、跳跃，一点一点，从未放弃，即使被饿狼咬住了尾巴……

最后，他成了一个生命的奇迹，成为了人们的焦点，他知道，这都源于羚妈妈给他的爱和永不放弃的耐心。虽然羚妈妈不是人类，只能教他生存之基本，但它依然是一位伟大的好母亲。

佟馨语 ◎ 评

▬▬ 知识链接 ▬▬

藏羚羊为羚羊亚科藏羚属动物，是中国重要珍稀物种之一，国家一级保护动物。体形与黄羊相似，主要栖息于海拔4 600～6 000米的荒漠草甸高原、高原草原等环境中。性情胆怯，早晨和黄昏结小群活动、觅食。藏羚羊善于奔跑，最高时速可达80公里，寿命最长8年左右。雌藏羚羊生育后代时都要千里迢迢地到可可西里生育。主要分布在新疆、青海、西藏的高原上，另有零星个体分布在印度地区。

文／凉月满天

只需几粒扣子

那天整理衣柜，我从最深处拎出了一件长袖无领的黑上衣，不由叹了口气。

其实，我特别喜欢这件衣服，尤其是领口镶着的几粒黑色毛球，非常别致，可惜洗第一水的时候不慎丢了三个毛球，再也找不回来，于是这件新衣裳变旧变残，被我压在了箱底。

侄女恰好在一家服装店打工，说能有办法。晚上她带回一些服装店的备扣，红黄蓝绿色彩缤纷，我从中挑出三粒黄色的，在剩余的毛球中相间地缝上去，权且试试。缝好穿上，没想到先生和侄女齐声叫好，女儿更是双眼放电："妈妈真漂亮，爱死你了！"一照镜子，我也呆了，领口这圈黑黄相间的毛球和扣子，把衣服衬托得既庄重又俏皮，整个人也显得格外漂亮。没想到本要丢弃的东西，只需几粒扣子，又成了一件宝贝。

我不由想到自己。嗓子坏掉已经三年，这三年，我也完成了生命从失落到再生的转变。

三年前，我是一名老师，一心想着千树万树桃李开，等我老了，满脸皱纹，弟子已经遍布全国各地，逢年过节，团团围绕，我老眼昏花，听他们一个个报上名来："我是治国！""我是马晓翠！"

谁知道因劳累过度，一夜失声，我再也不能登上

直接从情节入题，文笔简洁。

揭示了"我"叹气的缘由，爱不释手的衣裳"变旧变残"，表达了"我"的惋惜，为后文旧衣重放光彩巧作铺垫。

生动形象地突出了亲人们的惊喜，侧面衬托出衣服的美丽别致。三粒扣子竟有如此巨大的魔力，令读者在惊叹的同时感悟蕴藏其中的哲理。本段微露主旨。

承上启下，自然过渡到下一情节，文笔顺畅、通达，脉络清晰。

生动传神地写出"我"的人生和事业从辉煌刹那间跌入谷底。

"裹挟"充分体现了失声对"我"的精神上巨大的打击与折磨，通过"食不知味，睡难安寝"表现"我"的恐惧与失落……

笔耕不辍，却屡被退稿，本句巧妙用典，利用西西弗斯比拟作者，将自己的失望、努力、气馁、坚持的复杂心理刻画得淋漓尽致，"连滚带爬，咬牙坚持"体现了"我"在文学之路的执著与刻苦。

意味深长，颇有"山重水复疑无路，柳暗花明又一村"的意蕴。

用词灵动准确，给人身临其境之感。

文字概括性强，十分精练，可从叙述中读出约翰·库缇斯的顽强和刻苦、执著与拼搏的精神。

讲台。本来圆满顺遂的生命，陡然出现一个黑洞，仿佛要将我吞噬。被深重的失落裹挟着，我看不清前路，食不知味，睡难安寝。有时我跟先生开玩笑："如果我因此失业，对不起，只好让你当废物一样养起来，好在我吃得不多，以后还可以少吃些，不喝茶，不喝饮料……"边说边掉眼泪。

眼看着自己的生命哗哗流逝，特别不甘心。朋友鼓励我拿起笔，从没有路处挖出一条路来。于是我写稿，看书，拆读退稿信，再写稿再等待——丧气，疲累，自我怀疑，遭遇巨石滚下山坡的失败劲儿像西西弗斯；跌跌撞撞，连滚带爬，咬牙坚持的艰辛劳累也像西西弗斯。

如同大火烧毁的草原上新芽渐生，我的生命渐渐放出微光，稿子越发越多。我和家人都宛如绝处逢生般快乐起来。以前我是妈妈，是妻子，是老师，现在又多了一项头衔：宝贝。不仅先生把我当宝贝，我那小孩跟别的小朋友说起我，也把胳膊尽力张开，夸张地大叫："我妈妈是大作家，像天这么大！"那一刻，我感动得流泪。只因不肯放弃，才有幽暗后的光明。

曾读到一篇文章：2004年5月23日晚，青岛天泰体育场，在1.2万余名观众暴风雨般的掌声中，一个"半身人"坐着滑板，"飞"到主席台右侧，一个灵巧的急刹车，他又掉头滑了回来。还没等到观众从惊讶中回过神来，他已经用双掌一步步"走"上讲台，并在演讲桌上来回"踱步"。

他是一个澳大利亚人，叫约翰·库缇斯，出生时两腿畸形，天生下肢就没有发育。医生断言他活不过当天，可是他活到了35岁依然健在。他坚持用手走路，是全澳洲残疾人网球赛的冠军，游泳好手，甚至会开汽车。他曾到过世界上190多个国家演讲，被誉为"世界上最著名的残疾演讲大师"。

这是一个强大的钢铁世界，无论一件衣服还是一场生命，都会有不期然的损坏甚至伤残，但只要不肯放弃，就能变换一种新面目焕发光彩。看似无路的绝望，许多时候是荒草掩着小径，只要肯荷锄振衣，深入进去，就能寻出路来。

化用陶渊明的"带月荷锄归""道狭草木长"，将抽象的哲理形象化。

　　一件衣服都可以凭借几粒扣子起死回生，一个人也可以从无办法中想出办法来。尼采说："树的枝叶越茂盛，它的根就会向黑暗中扎得越深。"或许，我们也能这样理解：树的根向黑暗中扎得越深，越能得到更多的养分，生命的枝叶越能欣欣向荣。

深化主题，收束全文。

点 评

　　本文没有过多华丽的词藻，但处处渗透着清新恬淡的美；本文没有新颖精巧的构思，但找不出缺憾。作者由几粒扣子而想到自己坎坷的经历，又着笔于约翰·库缇斯，条理分明，脉络清晰。文字情理交融，令读者在获得深深的震撼与感动的同时，理性地思考并领悟人生的哲理。本文真切地写出了作者对生活的思考，其文字中的意蕴与"山重水复疑无路，柳暗花明又一村"有异曲同工之妙，并深入浅出。
　　文笔清新，顺畅通达，细腻精准，灵动凝炼，实为佳作。

李晓奇 ◎ 评

=== 知识链接 ===

　　在古罗马，最初的纽扣是用来做装饰品的，而系衣服用的是饰针。13世纪，纽扣的作用才与今天相同。那时，人们已懂得在衣服上开扣眼，这种做法大大提高了纽扣的实用价值。16世纪，纽扣得到了普及。在英国中世纪，衬衫最早被发明，女士衬衫的纽扣在左边，而男士的纽扣在右边，原因是贵族女人早起时需要佣人帮助穿衣服，而男士则是自己穿。

文／马敬福

孔子绝粮

孔子周游列国的时候，经常受到各国诸侯的热情款待。可是有一次，孔子却在陈国和蔡国之间落难了，混得连饭都吃不上。

那是公元前489年，孔子带着弟子们来到了陈国和蔡国，住在了陈、蔡边境上。当时，吴国正在攻打陈国，楚国为了解救陈国出兵城父。孔子的住所正在陈蔡与城父的三角地带，陈蔡的士大夫常去找孔子请教，楚昭王也派人请孔子到楚国讲学。

就在孔子答应楚昭王之请后，陈国和蔡国的大夫们心慌了。他们多次和孔子沟通，听出孔子对他们的作为不太赞同。他们担心孔子到了楚国如被重用，他们以后的日子会不好过。于是，这些大夫召集了一群老百姓，把孔子和他的弟子们带到了一湖中的一座小岛上，不给吃不给喝，也不准他们离开。

人是铁，饭是钢，一顿不吃饿得慌呀！弟子们饿得眼都蓝了，到处找吃的就是找不着。见孔子依然弹琴唱歌，子路就说："君子也有穷困的时候吗？"孔子道："君子在穷困时能固守节操，小人在穷困时什么事都干得出来。"子路明白了，孔子这是告诉我们，就是饿死也不能干苟且之事。

孔子是那个意思，但他绝不想让弟子们饿死。就在孔子和弟子们饿到第三天的时候，孔子也受不了，

交代孔子在陈国和蔡国之间落了难，设下悬念，引人入胜。

通过这几个词，形象生动地写出了孔子的影响之广与当地大夫的慌乱，他们惧怕孔子到楚国后被委以重任，而强行将他困起来，不给吃，不给喝。

两处对比，弟子连眼都蓝了，而孔子却依然弹琴唱歌，表现了孔子的一种坦然。

这句话可谓是本文重点，阐明了一种观点，揭示了一个真理。

可小岛上除了野草什么都没有，草又不能充饥，这可怎么办？

孔子就在岛上溜达。他突然发现，岛上有一种大个的蚂蚁。那些蚂蚁个个都叼着一块白色的东西，行迹匆匆。孔子知道，蚂蚁是在搬运食物。他就跟着那些蚂蚁来到了湖边，发现蚂蚁从湖边的蚁穴钻进去，出来后嘴里就叼上了那种白色的东西。孔子是大学问家呀，他知道蚂蚁喜食含糖食物，如果不是腐肉之类，但凡蚂蚁能吃的东西，人就能吃。他仔细在湖边找，终于发现蚂蚁叼着白色的东西从一种蒲草里爬出来。那种蒲草生长在湖边，茎叶苦涩不能吃。孔子就把蒲草拔了出来，发现蒲草的根又粗又长，细腻白嫩。在水里洗洗，咬上一口，脆甜爽口。孔子乐坏了，赶紧喊来弟子们，问子贡："你觉得师父学问怎么样？"子路说："大呀！"孔子说："不，我这叫一以贯之！"孔子让弟子们拔蒲草，洗蒲根，一连七天都吃那东西，还没误讲学、吟诗、弹琴、唱歌。

陈国和蔡国的老百姓一看，孔子饿了七天都没死，还在那讲学呢，真是"圣人"啊！赶紧跪倒磕头，放孔子和弟子们走了。后来，人们在那座岛上建了"圣人庙"，还把那种蒲草称为"圣人菜"。现在，"圣人菜"已经成了淮阳一带的美食了。

人这一生中，每个人都可能遇到风险，甚至危及生命。但我们如果能够临危不惧，仔细观察自己所处的环境，认真分析对我们有利的诸多因素，"一以贯之"，触类旁通，定能找出脱离风险的办法。

通过对白蚁和蒲草的细节描写，体现出了孔子超乎常人的观察力。

一以贯之：一直贯彻落实某一件事情。

老百姓的举动从侧面烘托出在老百姓眼中孔子不愧为圣人，一连饿了七天还在讲学，烘托出他的伟大和临危不乱。

结尾指出，面对困难临危不惧，仔细观察，认真分析，触类旁通才可能收获成功。

整体把握（主题）提纲：

第一层：背景——孔子周游列国，陈国蔡国和楚国打仗。起因——受邀讲学。相委重用。

第二层：发展——被困孤岛。以防讲学。高潮——食菜充饥。善于发现。评价——被评作"圣人庙，圣人菜"。

第三层：结尾—— 一以贯之，触类旁通，勇于创新。

读孔子：孔子面对困难，认真分析，敢于探索勇于创新，是真正的孔圣人。

读百姓：喜爱和平，却因处理的方式不当，差点酿成大祸。

读君子：可以为尊严而守节操。

读小人：可以为眼前的利益丧失自我。

读生活：读生活的乐观向上，发现问题。

读文有感：

把握生活之中的每一份阳光，积极乐观地去发现问题及寻找解决方法。生活中我们不乏阳光，我们可以追逐阳光，享受阳光。

朱龙宇 ◎ 评

知识链接

孔丘（前551～前479），字仲尼。排行老二，汉族人，春秋时期鲁国人。孔子是我国古代伟大的思想家和教育家，儒家学派创始人，世界最著名的文化名人之一。编撰了我国第一部编年体史书《春秋》。孔子葬于曲阜城北泗水之上，即今日孔林所在地。孔子的言行思想主要载于语录体散文集《论语》及先秦和秦汉保存下的《史记·孔子世家》。

文/薛　峰

两元钱的奇迹

谭传华出生在重庆一个农民家庭，父亲是木匠，常年漂泊在各个村庄，给人家做门窗桌椅什么的，收入不多，生活艰辛。他上不起学，平时做小工，或在家干点杂活。18岁那年，他下河摸鱼时，不幸被雷管炸掉右手，人生轨迹自此发生改变。不过，这件事反而激发起了谭传华的斗志，他决不甘心平庸，他很快走出身体残疾的阴影，跟着从部队回来的二哥学得一手好画，并成为一名小学老师。

交代谭传华的家境，为后文他成为"木匠"埋下伏笔。不幸的人生境遇铸就了他坚韧不拔的意志。

23岁那年，谭传华恋爱受阻，读了很多书的他便想去走万里路，他就带着父母给的50元钱，在流浪中寻梦，寻找自己的画家和诗人梦。

带着想要成为画家和诗人的梦想，谭传华出发了。

可是，50元钱很快就花完了，流落到昆明的他背着他赖以吃饭的家什——画夹，如一头饿狼般，漫无目的地在大街上逛，他不停地问路人是否需要画像，却连遭拒绝。

屡逢挫折。

饥饿实在难耐，他在一家饭店前徘徊，想找点残羹剩汁填饱肚子。有一个男人喝得微醉，他面前的桌上有很多剩菜，那些剩菜在当时的谭传华眼里简直就是美味珍馐。那个男人可能是看穿了谭传华眼里的渴望，把喝剩下的半瓶啤酒全部倒在了那些剩菜里。这一幕给了他很大刺激，他咬牙忍住了，没有滑向乞讨这一步。

饥不择食的他正踌躇着人生中的一步——是否要乞讨。

恶劣的环境并没有阻挡他坚定的脚步。

"屋漏偏逢连夜雨",本来饥寒交迫的他,又被浇湿了身子。

生活的艰苦并没有打倒他,而人性的冷漠让他的心凉透了,机遇开始逆转。

由两元钱而改变的传奇人生自此开始。

看似是他绘画事业的终点,其实是另一个辉煌事业的起点。

他开始了创新,惊人的数字背后竟只是两元钱的激励,这是让人万万想不到的。

晚上,谭传华枕着包,抱着画夹,忍着饥饿,在一栋7层楼的工地上睡觉。那个时节,昆明的夜晚已经很冷了,他清楚地记得那晚还飘着小雪。半夜时分,一盆冷水忽然从5楼泼下,浇湿了他半边身子。他身上的衣服本来就少,又被浇了一盆冷水,谭传华的情绪沮丧到了极点。为了御寒,他只好不停地或跑或跳。后来,他发现路灯下的温度比较高一些,就站在路灯下"烤"了很久。

最后,他来到郊区,钻进一户人家的柴草堆里,本想过一夜,却在主人发现之后被赶走。那一刻,绝望的他想死的心都有。

流落昆明的第三天,谭传华终于拉到了一笔业务,他活了下来。一个瘦弱的年轻人对谭传华说:"我有很多照片,但我想画一张像,看看画像与照片有什么不同。你画一张像多少钱?"谭传华立刻说:"要是画得像,你就给我两元钱;要是画得不像,你不用付钱。"

他画完后,年轻人很满意,高兴地给了他两元钱就拿着画像走了。年轻人并不知道自己面前这个没有右手的左手画家,为了挣这两元钱已经等了整整三天。而他更不会知道,这两元钱,改变了谭传华的一生。

"这是我人生中非常重要的两元钱,它给了我活下去的信心和勇气。"多年后,谭传华曾这样说。

凭着两元钱的激励,谭传华在昆明生活了两年,他对绘画艺术逐渐熟悉并达到炉火纯青的境界。然而后来的一场大病让他最终选择了回到老家,娶妻生子,继承了父亲传下来的职业,做了木匠。

但他不甘心做一个像父亲那样老实本分的木匠,他要创新,他要创业,他把目光盯在了梳子上,于是便有了"谭木匠"。截至目前,"谭木匠"已自主研发产品2,400余种,拥有专利15项,在全国有530家专卖店。"谭木匠"被评为"中国驰名商标",享有极高的市场知名度和社会美誉度，部分产品热销海外，并于2009年12月29日在港交所挂牌上市。

今天，谭传华坐拥4亿家产，但他坚决不买高档办公楼，坚决不买豪华别墅小轿车。因为，他忘不了曾经救命的两元钱，那个在他的人生中非常重要的两元钱，给了他活下去的希望，也激励他保持不倒的斗志，朴质节俭，诚实守信，前进不止。确实，那两元钱已经产生了奇迹，拯救了一个人，创造了一个民族品牌，使小小的木梳以蕴涵中国传统文化的方式"梳通全球"。

两元钱对一个人的影响是深远的，"两元钱事件"不仅改变了一个人的命运，更坚定了他的价值观，富而不奢，勤不忘俭。

本文讲述了"谭木匠"总经理谭传华坎坷曲折的创业经历。家境贫困，被雷管炸掉右手，灾难一波波向谭传华无情地袭来。但他没有放弃，从残疾的阴影中顽强地走了出来，跟二哥学得了一手好画，又当了一名乡村教师。恋爱受阻后，他怀揣50元钱在流浪中寻找着自己画家与诗人的梦想。然而现实是残酷的，他屡次受挫。在饥寒交迫中的他痛苦不堪，一个年轻人用两元钱换回了他的信心。由于患了一场大病，最后他又回到了原点，做了一名木匠。他不甘于平庸，勇于创新，终于做出了一番大事业，成立了"谭木匠"这个响誉国内外的大品牌，谱写了传奇人生。

邢媛 ◎ 评

▬▬ 知识链接 ▬▬

谭木匠是集家具、梳理用品、饰品于一体的小木制品专业化集团公司，旗下包括重庆谭木匠、谭木匠发展有限公司、谭木匠手工馆、美裕饰品、自强木业等子公司。

文／顾晓蕊

一袋买了60年的盐

开篇引出主人公"祖父"，通过吉安对祖父的印象来自祖母引出一串故事。

祖父的一去不复返为下文多年来祖母一直盼望祖父回家的情节作铺垫。

"一颗朱砂痣"说明祖母对祖父的思念之情的长久，突出了祖母对祖父经久不变的真情，情感充沛，推动故事发展。

"一年又一年"说明了祖父离开的时间长久，"期待却又无限失望"说明了多年来祖母盼望祖父回来的心与对祖父的思念。

吉安从未见过祖父，他脑海里对祖父的印象，都来自祖母琐碎的回忆。

解放前的一个傍晚，劳作了一天的祖父，披着渐沉的暮色回到家。怀有身孕的祖母正在灶间做饭，摇着粗瓷盐罐说没盐了。祖父瞥一眼锅里清亮亮的菜汤，轻叹一声说，我这就去买。祖父推门而出，祖母追到门口，见他的身影已融进夜色里。谁知祖父这一去，再也没有回来。

那夜，祖父和村里的几十名青壮年被抓了。又过了一年，听逃回来的村民说，祖父所在的部队撤退到台湾，一湾浅浅的海峡，成为阻断亲情的天堑。自此，思念穿越半个多世纪的月光，化作祖母心头的一颗朱砂痣。

祖母带着年幼的父亲，生活的艰难可想而知。她总是在想，那天晚上，如果祖父不出去买盐，或许能躲过一场劫难，这个念头撕扯着祖母的心，让她痛悔不已。

随后的几十年，只要听说七里八乡有人从外地回来，祖母总要拉着父亲前去探询祖父的情况。盼了一年又一年，满心期待却又无限失望。

后来，父亲娶妻生子，再后来就有了吉安和弟弟。祖母对吉安最为宠爱，她说吉安眉眼间有祖父的英气。因而，自吉安懂事起，祖母就坐在旧式的藤椅上，给吉安讲那些陈年往事，故事的主角永远只是祖父。

家人围坐在一起吃饭，祖父的位置是空的，桌上摆一副碗筷。偶尔，一阵风推开门，祖母慌忙朝外望，仿佛祖父刚刚外出，随时可能回家。

到了上世纪80年代末，吉安从报纸上看到台湾老兵回大陆探亲的消息，叫喊着飞奔回家报信。冻结多年的冰层，顷刻间化为一溪春水，滋润着祖母干涸的心田，她的脸上露出难得的笑容。此后不久，邻村有位老兵返乡，吉安的父亲找到他，递上一封长信，请他帮忙打听祖父的下落。

又等了十年，春暖花开，燕子回时，终于盼到海峡彼岸的来信。吉安打开信，念给祖母听，原来，老兵通过当地的同乡会，辗转找到失散多年的祖父。流落在异乡的祖父，这些年来一直孤身一人，而且疾病缠身，晚境甚为凄凉。信里还说，祖父身体状况很差，因而返乡一事，只能待以后再说。

信还没念完，祖母已泣不成声，一面用拐杖捣地，一面絮絮地说，他一个人，这些年，怎么活。吉安偎在祖母身边，握着她那满是褶皱的手，心里有说不出的酸楚。

花开花落，几度春秋，这一等又是五年。祖母老了，她坐在夕阳下，一声声念着祖父的名字。吉安的父亲下定决心，变卖家里的物什凑足路费，办理赴台探亲的手续。他对祖母说要把祖父接回家，过上一个团圆年。父亲用柔软的红绸布，包一捧故乡的土，放进随身的背包里，踏上了漫漫寻亲路。

在那位老兵的帮助下，费尽几多周折，见到了从未谋面的祖父。80多岁高龄的祖父已是白发苍苍，被疾病折磨得形容消瘦。祖父佝下腰，缓缓地打开红绸布，用手指捏起一小撮故乡的泥土，放进嘴里。父亲扑通一声跪倒在地，唤一声爹爹，随即哽咽落泪。父

形象的比喻，一个"顷刻间"突出了这消息带来的喜悦，"难得的笑容"更加体现了祖母听到消息后的心情。

突出表现出全家人急切等待的心情。

信没念完祖母已泣不成声，体现了祖母伤心、悲痛的心情，听到祖父状况的心伤，突出表现了虽然已过多年，但祖父母之间深情依旧。

照应前文的等待。

父亲寻找祖父前带上一包乡土，为下文情节作铺垫。

祖父用手捏起一撮故乡的泥土放进嘴里，说明了祖父对故乡的怀念，表达了他的思乡之情。

亲着手办理返乡的手续，没想到，就在这时，祖父的病情急剧恶化，住进了医院。祖父自知来日不多，对父亲说他失了"盐"，让祖母空等一生。他走后，要魂归故里，与祖母相聚。

写出祖父对祖母的日夜思念，感情同样真挚感人。

半个月后，祖父怀着无尽的思恋与遗憾，离开了尘世。料理完后事，父亲带着祖父的骨灰返回家乡。

那天清晨，接到父亲的电话后，吉安和弟弟就出门扫雪。雪纷纷扬扬地下着，天地间一片白茫茫，村民们听说祖父要回来，都加入了扫雪的队伍。凛冽的寒风刮在脸上生疼，他们手冻僵了，脚冻麻了，但没有人肯停下来歇上一会儿。

乡亲们的帮忙突出了他们对祖父的敬爱与思念。

雪不停地下，整整扫了一天的雪。天渐渐黑了，村口有人喊来了来了。这时，一辆车缓缓地驶过来，村民们站在两旁，让出一条路来。父亲下了车，抱着藏青色的骨灰坛，还有一袋买了60年的盐，一步一步朝家的方向走去。

在路的另一头，祖母穿着绛色的棉袄，盘着高高的发髻，倚门而望，恍惚又回到多年前的那个夜晚。祖母喃喃地念道："回家了，回家了……"泪水顺着脸庞淌了下来，她抬起手背去擦，却怎么也擦不及。

祖父祖母终于团聚，却已是阴阳相隔。

失言？失盐？

一语双关。

文章构思巧妙，语言质朴，文笔优美细腻，情感至真至诚。从祖父祖母之间的一段旷世真情，凸现出对亲人的思念，对故乡的思念，表现战争的残忍，亲人的离散。

最初几十年，"盼了一年又一年，满心期待却又无限失望"。

到了"上世纪80年代末"，得知消息后，"又等了十年，春暖花开，燕子回时"，来信只说返乡一事还得再等。

"花开花落，几度春秋，一等又是五年"。

> 漫长的岁月在等待中缓缓而过。
>
> 终于等来了，却只剩一把骨灰，魂归故里。
>
> 郑舒文 ◎ 评

知识链接

父母对子女的亲情是爱其强，更爱其弱，一个断了腿、又瞎又聋的孩子，父母爱他会更加倍。而爱情就不然矣，爱情乃爱其强，不爱其弱。父母对儿女爱护的时间太久，太久。从儿女呱呱落地，到长大成人，一直延伸到儿女的下一代，再下一代，无不十指连心。所以亲情定义应是父母对子女及其后代的感情之最久、最大，也是最真心之爱。所有的情得到升华后都会成为亲情。

往前再走一步

往前再走一步，生命也许不会柳暗花明，但却会让我们感受到别样的风景和感动；往前走出的很小的那一步，也许就是我们的灵魂增加的一分高度。

文／马国福

冬夜里落寞的糖葫芦

冷冷的一个夜晚。南方阴冷的天气气温达到零下六度，接近历史上最寒冷的纪录。

一部美国大片正在我所居住的城市火热上映。晚上吃过饭，我到影院买了两张票。离电影开始还有半个小时，我站在影院门口等在商场购物的妻子。

影院门口一个三轮车夫停在门口，等候看完第一场次电影的观众。他坐在车上，手里捧着一个馒头。在明亮的灯光下，我清晰地看到离我不到五米的他手中的馒头已经冷了，没有一丝热气。看上去尽管他在吃一顿再简单不过的"晚饭"，但他仍心不在焉，一边啃馒头，一边不时地望着从影院里出来的观众。

影院里的观众几乎全部走完了，还是没有人坐他的车。他又从布包里拿出第二个馒头啃起来。这么冷的天里，让我惊讶的是，他只穿了单薄的衣服，脚上没有穿棉鞋，而是一双薄薄的布鞋，为了踏车方便，他还用夹子夹住了两只裤管口。

他的对面一个推着三轮车卖冰糖葫芦的人站在风中，时而搓搓手，时而跺跺脚。一个看上去只有十岁出头的小孩子，手里捧着一束玫瑰花向影院里进进出出的人兜售。凡是男女一对进出的，他都要靠上前大声说：老板，买一朵花送给她吧。我注意到小家伙十分注意辨别对象，只要看上去像情侣的他会毫不犹豫

用气温的"寒冷"对比城市的"火热"事件，强烈的反差，冲击力强。

"捧""啃"两字，意境全出：为什么捧，因为馒头已冷，还因为车夫的饥饿，一个动词带给我们这么多的信息，可见作者用词之准确。

从三轮车夫的穿着和车夫对面卖冰糖葫芦人的动作，可以清楚地看出他们的生活窘迫。

十多岁的小孩子的兜售技巧和兜售方法，看似在说小孩的精明能干，其实，这是一种悲哀，一种无奈的悲哀。

地靠上去，大胆问他们要不要玫瑰花。遗憾的是，一对对情侣彼此手挽手偎依着走进影院，对他的举动熟视无睹，个个表现出十分厌恶的神态。我还听到一对情侣很反感地对小家伙厉声喝道："走开，走开！听见没有？"小家伙只得悻然走开。他走到卖冰糖葫芦的人前说：爸，今天运气不好，没有人买花。

段尾点出两人的父子关系，苦难的描写令人瞠目，回味悠长。

原来他们是一对父子。父亲摸了摸他的后脑勺说，没事的，总会有人买我们的冰糖葫芦。听到这句话，我突然有一种买一串糖葫芦的冲动。我走上前问糖葫芦多少钱，他说：三块。然后麻利地拿出纸准备为我包起来。猛然间，我想起来妻子最近身体不好，不能吃糖葫芦，便赶忙对他说：师傅，不好意思，糖葫芦我不要了。

"麻利"一词表达出卖糖葫芦人急切想要做成生意的心境。

他停下包糖葫芦的手，愣在那里，看上去非常失望。

时间快到了八点，一些酒足饭饱的人剔着牙缝、打着饱嗝走进影院，而那个三轮车师傅还在啃着冷馒头，那对父子还在为有没有人买他们的鲜花和糖葫芦而守望。

鲜明的对比。

妻子到后我们走进了影院。落座后，想起寒风中啃馒头的三轮车师傅，卖冰糖葫芦和鲜花的父子，我的心里隐隐有些作痛。那个卖花的小孩，和他同龄的孩子，在这个寒冷的夜晚，有的被父母带进不远处的肯德基，有的被父母带进电影院，而他还在寒风中过早地承担起与他年龄极不相称的责任。

又是一种强烈的反差和对比。

电影结束时，已经十点多了，出了影院门口，天冷得那么绝决。那对父子和三轮车师傅缩着脖子，在风中瑟瑟发抖。回到家，我很自责地给妻子说了我没有买糖葫芦的事情和影院门口的见闻，我们感叹他们的艰辛和不易，心里涌起一股涩涩的滋味。

"绝决"一词用得太好了，一则极言其冷，二则"天"也不同情这三轮车夫、卖花小孩和卖糖葫芦的人，这种感受不仅来自他们悲惨的生活，还来自作者自己未能帮助他们的愧疚。

第二天晚上，我回到家，看见桌子上放着两串冰糖葫芦。妻子说，晚上下班后经过影院门口，我看到了那对父子，想起你昨晚的描述，尽管你我都不喜欢吃糖葫芦，但我还是决定买两串糖葫芦，哪怕买回来我们都不吃。

瞬间，昨晚我错过的那串落寞糖葫芦，像冬夜里的一串小火苗，在我眼前烧了起来，又像一串红灯笼，照亮了这个城市屋檐下的狭小角落。

我们安逸地剔牙时，是否想过，有那么一串串糖葫芦泪水一样凝结在这个寒冬的夜晚，守望着一颗心为它驻足，深入它晶莹的内心深处，看一看有多少粒盐积攒着生活的力量，在泪水中开出花来。

燃起的是帮助别人的火焰，红灯笼是照亮所有不为人知的劳动者们的心理，也意味着有这样的爱心，会温暖每一个普通的贫困的百姓的心。

　　文章以糖葫芦为主线，向我们展示了一幕真实而残酷的生活：在一个寒冷的夜晚，有的人在酒足饭饱之后剔着牙缝、打着饱嗝走进电影院；有的人却穿着单薄的衣衫，为了生活而卖着糖葫芦。前者厌恶而高傲的神情与后者悲惨而凄苦的处境形成鲜明的对比，让我们在对后者产生怜悯之心的同时，更感受到生活的无情与人心的冷漠。

　　或许我们小小的帮助并不能改变穷苦者的命运，却可以温暖他们的心灵；或许我们可以同情他们的处境，却不可以轻视他们追求生活的真心。因为，他们的心就像那串火红的糖葫芦一样，在寒冷的冬夜燃起一朵朵温暖的火苗。

李欣泽 ◎ 评

━━━ **知识链接** ━━━

　　冰糖葫芦是中国传统美食，它是将野果用竹签穿成串后蘸上麦芽糖稀，糖稀遇风迅速变硬。北方冬天常见的小吃，一般用山楂穿成，糖稀被冻硬，吃起来又酸又甜，还很冰。

文/吕保军

生活赋予的恩惠

运用了比喻的修辞,形象生动地写出了老公对她的疼爱。

　　她,是个娇娇弱弱的小女子,喜欢偎在老公的怀里撒着娇问他:你会一辈子这样疼我爱我吗? 她老公是个医生,平时对她疼爱有加、百依百顺的,这会儿忙鸡啄米似的点头。她仍不依,还要他郑重地承诺给她听。老公就颇认真地发着誓,她情不自禁地赏给他一个吻,内心漾满了无尽的幸福。性情淡泊的她,其实并无太大的愿望,就想这样开开心心地过一辈子。

承上启下的过渡段,自然而然地引出下文。

　　哪想到,在儿子两岁那年,变故说来就来了。

　　她遭遇下岗,多次寻找工作未果。这一年,婆婆突然脑出血瘫痪在床,她把婆婆接到身边,给她翻身、擦洗、按摩,往往是做完全身清洁,她也被汗水湿透。老人家从抬腿到下地,从搀扶着挪动到自己能走,她不知付出了多少艰辛。屋漏偏遭连阴雨,几个月

引用诗句作为情节递进的过渡句。

后,母亲又脑出血住院,并伴有脑萎缩。母亲的病更是她心中的痛,两次脑出血造成母亲精神不太正常,多次请保姆,都没人愿意干。在照顾婆婆的同时,她还要经常陪母亲,尤其晚上睡觉时,她要双手、双脚搂住母亲,但不一会儿母亲就"溜"了,反复四五次才能度过一夜。接连不断的打击,搅乱了她以往平静温馨的生活。

从环境的变故到心理的转折。

　　她突然意识到,自己该习惯另一种生活方式了。

　　经过一番深思熟虑之后,她跟老公提出了自己的

想法。原来她下岗后一直没有找到稳定的工作，那时她才明白，自己没有技术就好像上战场没有枪，几经考虑，她决定去学开车。突遭变故，让老公也有些手忙脚乱的，听到老婆的"奇思异想"，一时竟不知所措。作为外科大夫，他每天都会见到车祸致伤的患者，天天面对那种血淋淋的"恶性刺激"，他怎舍得让心爱的老婆去冒这个险？所以他始终不松口！婆婆也坚决认为女性开车不是个稳当的活儿，再说，那时她的儿子刚两岁，万一她有个好歹，这个家不就散了？

运用比喻的修辞，将没有技术的自己比作战场上没有枪的战士，形象生动地写出了自己没有技术的窘迫。

外表柔弱的她，骨子里却是个极有主见的女人。面对家人的反对，她仍然无法"斩断"开车的念头，"我一定要学，以后开出租，或者到厂子里开车都能挣点钱呀！"就这样，一场善意的欺骗上演了：每天早晨，她抱着孩子"出去玩"，然后把孩子放到娘家就往驾校跑，快中午11点的时候再接孩子买菜回家，一个多月的时间，她终于拿到了梦寐以求的驾照。"我就是想找份工作，让咱这个家过得更好一点。"这句话打动了家人，从此，她平安回家成为全家人最惦念的事。

从人物性格刻画入手，展开下文，引出故事。

三年后，她已是一名公交车司机，总是天不亮就起身，坐到车里时天边恰好出现第一抹朝霞。在人们眼里，公交车司机是点亮朝霞的人，而她点亮的是自己的生活。经过多年的磨砺，她现在已经有了一套自己的作息时间，家庭和工作都打理得风生水起。别人纷纷羡慕她"精神过剩"，她知道，自己其实只是在认真生活。当年偷偷学开车的那段经历，成了她生命中的一个亮点。这个亮点，点亮了她的一生，让她散发着自强自立的魅力之光。

承上，写出家人对她的关心。

偶尔清闲，夫妇俩会坐在一起唠唠闲嗑，不时默默地仔细打量对方几眼。从彼此的眼睛里，能读出许多内容：他简直不敢相信，这个驾驶着公交车那个庞然大物的女子，这个能承受那么多坎坷艰难的女子，这个年年被评为优秀工作者和安全驾驶标兵人物的女子，竟是当初那个小鸟依人的妻子？她的脸上略显

与开头小鸟依人地偎在丈夫怀里的形象形成鲜明的对比。

守得云开见天日，生命发生了质的改变。

怀有一颗感恩之心,善待生命中的挫折和不顺,将其作为一种赋予和恩惠。

这是一个善良女人才能做到的。

沧桑,却拥有成熟女人的那种睿智、理性的美。而她呢,每想到曾经有过的浪漫,便生出无尽的怀恋。如今,他们已很少像以前那样甜腻,但彼此间的一举手一投足,都有着发自心灵的默契。她从他的眼神里,读到了更多的疼惜与赞赏。她知道,这是生活赋予的最美好的恩惠。

##

本文通过描写一位内柔外刚的女子,面对生活中的不顺、坎坷,顶着家人的反对,去学习了开车,经过多年的磨砺,最终,她的家庭和生活风生水起。过程并不曲折,却充满艰辛。

生活把一个柔弱的女人磨砺成一个自信智慧的成熟女人。

不经历风雨,总难见彩虹,成功从来不是轻而易举信手拈来的,它的背后是无数的辛酸和努力,艰难和挫折。

"宝剑锋从磨砺出,梅花香自苦寒来。"不论顺境、逆境,保持自信与乐观的心态,轻松应对生活赋予的不同挑战。

你善待了生活,生活也会善待你。

孔诗彤 ◎ 评

═══ 知识链接 ═══

有位企业家在商界上有着惊人的成就。当他在事业达到巅峰的时候,有一天陪同他的父亲,到一家高档的餐厅用餐,现场有一位琴艺不凡的小提琴手正在为大家演奏。这位企业家在聆赏之余,想起当年自己也曾学过琴,而且几乎为之疯狂,便对他父亲说:"如果我从前好好学琴的话,现在也许就会在这儿演奏了。""是呀,孩子,"他父亲回答,"不过那样的话,你现在就不会在这儿用餐了。"我们常为失去的机会和成就而嗟叹,但往往忘了为现在所拥有的感恩。

文／瘦尽灯花

我比你坚强

吃过晚饭，一家人出去散步，女儿手里拿着一瓶矿泉水在喝。先生拉我，悄悄努嘴："看！"我回头，一个小男孩，不过十来岁，矮小瘦弱，小脸脏脏，身上的衣服宽宽大大，风一吹，衣裳把小人儿一裹，简直就像根细小的牙签。真奇怪，他一直跟着我们。我回身，蹲下来，拿出几枚硬币："给。"孩子摇摇头："谢谢阿姨，我不是要饭的。"我羞愧——无意间伤了孩子的自尊心。但他为什么老是跟着我们呢？直到我的姑娘把矿泉水瓶塞进果皮箱，小男孩一个箭步往前一蹿，把胳膊伸进去，把瓶子拎出来，往手里拎的蛇皮袋里一塞，才又开始往别处逡巡。

后来听说小男孩儿原本有一个很富足的家，但是妈妈得了尿毒症，百般医治无效，家里的钱却越花越少。终于有一天，爸爸把财物席卷一空，卷包逃跑。病重的妈妈整日以泪洗面，生活的重担像座山，压在这个10岁小男孩的肩上。

他一边尽最大力量安慰妈妈，一边到厨房里笨手笨脚给妈妈做一顿煳了的饭，然后再到外面捡废塑料和空瓶子，一毛两毛地卖成钱，自豪地交给妈妈："妈，拿去用，你想怎么花就怎么花，全是我自己挣的。"

三年过去了，那个男人始终没有露面，但是小小

小男孩的外貌描写，运用比喻的修辞手法，以牙签喻人，生动形象地写出了小男孩不良的身体状况，为揭开发生在小男孩身上的故事设下悬念。

"要饭的"三个字，与上文的外貌描写相照应，同时照应文题，虽身处窘境，但不失气节，不接受他人的施舍，靠自己的劳动生活，这不仅是外表更是内心坚强无比。

小男孩的性格通过对话鲜明地刻画出来，虽然小，但有男子气概，与其不负责任的父亲又形成强烈的对比。

男子汉却发表了他的宣言："妈，我也是男人，我能照顾你。"

很小的时候，老师就曾反反复复地上过"坚强"这一课。可是当自己越长越大，却发现越来越做不到坚强。不是，是越来越会权衡了，假如逃避可以让自己活得更轻松，为什么不呢？有时甚至想，所谓的坚强，只不过是无路可走时的故作姿态罢了，只要有另外一条路可走，傻瓜才会"坚强"地硬挺下去呢！

虽然也为自己的没出息感到害臊，但是让我感到宽慰的是，想临阵脱逃的大约不止我一个。但是，这样一想之下，却让自己更害臊了。

一个女人，丈夫出了工伤，瘫痪在床，自己吃不住劲，干脆逃得远远的，远嫁他乡。她要带走小女儿，孩子却说了一句话："妈妈，你走吧，我要留下照顾爸爸。"冰寒雪冷的冬天，她每天5点起床，给瘫痪在床的爸爸洗漱好，然后做好饭，喂好，再自己草草吃一口，然后赶到十几里路外的学校上学。中午就吃一顿凉干粮。晚上回来接着做饭，做完饭帮爸爸按摩失去知觉的双腿和双脚。然后就着豆大的灯光做作业。晚上，她睡了，但是却在自己的手腕上系上一条细绳子，绳子的另一端连着爸爸。爸爸有什么要求，只要一拉绳子，孩子就会强睁开惺忪睡眼，起来帮爸爸接屎端尿。别人家的孩子在爸爸妈妈怀里撒着娇要吃麦当劳，小姑娘却在泰山压顶一般的苦难中坚持着，既不肯逃跑，也不肯弯腰。

看，这就是孩子，我们的孩子。

爸爸逃了，孩子留下了；妈妈逃了，孩子留下了；大人们一个接一个地逃跑了，小小的孩子却一个接一个地留下了。凭什么？我们不是豪言过，壮语过，发誓要勇敢面对生活中的挫折？什么时候我们的心变得市侩和冷落，而这些豪言壮语像一阵风一样从我们的生活里刮跑了。

终于有一天，我们沉醉在燕舞笙歌，却发觉自己

用"反反复复"强调"坚强"的重要性，受过教育的"我"没有做到坚强，但小男孩却做到了，紧扣住文题。

用傻瓜反衬"小男孩"，他的坚强是对母亲的负责，有血有肉，有情有感。

与上文给"父亲"做饭，形成鲜明的对比，其中一个"凉"字更写出小女孩艰辛的处境。

拿成年人与文中的两个小孩作对比，从天真无邪中长出正直的坚强的含意，卒章显志。

无法面对孩子们脏兮兮的小脸，瘦弱的小身体，承担着生活重担而坚持不倒下的勇气。面对他们，我们像面对被钉上十字架的耶稣，羞愧万分，掩面哭泣，痛切地发现自己的油滑和软弱，脱逃和退缩，背信和弃义，绝情和冷漠。

真的，纵使我们身材高大，声音响亮，拥有尘世中足够的权势和力量，但是我们的孩子却完全有资格带着怜悯的微笑，居高临下对我们说：我比你坚强。

> 结尾紧扣文题，深化中心，点明了主旨。

点评

文章两个孩子悉心照顾生病父母的感人事例，向读者阐释了坚强的真谛。很多人纵使身材高大，声音响亮，拥有尘世中足够的权势和力量，面对困难和挫折时却临阵脱逃，无法做到坚强；而很多看似柔弱的身躯，却能够勇敢承担起生活的重担，坚强微笑着面对生活，正如文中的两个小主人公。

文章感情真挚，感人肺腑，朴实无华的言语中处处流露着作者对主人公的敬佩与自叹不如。或许，我们也应该静下心来，审视一下自己：当面对主人公同样的遭遇时，我们是否也能够坚强地应对？呼吁更多的人坚强地面对生活，正是本文作者的初衷。

刘成龙 ◎ 评

=== **知识链接** ===

越国兵败吴国于公元前494年。越王勾践只好"审辞厚礼"向吴求和，等待东山再起。勾践先用美女、金银珠宝贿赂吴王和众臣，还用妻子做人质，自己为吴王当马夫。勾践还为吴王送茶送饭，端屎端尿，终于赢得了吴王的信任，得以被释放。勾践死里逃生回国后，卧薪尝胆，一面继续进贡吴国，一面聚兵训练。最后他率精兵数万，彻底打败了吴国，实现了洗辱复国的志愿。

苦难是文学之母，就像文学是任何艺术之父一样。文学如果不关注人类的灵魂和苦难，就不是真正意义上的文学。而文学的灵魂是自由地写作。巴尔扎克说："小说是一个民族的秘史。"知识能改变人，读书能改变人，写作也能改变人。但要付出代价，有些是沉重的，甚至是一生的。

文/西 风

开满莲花的朝圣路

我们班的小安离家出走了。在距离高考还有三十三天的时候。桌上留下一张皱巴巴的明信片，明信片上是丽日下大昭寺的金顶翘角飞檐，旁边有四个字："我安，勿念。"旁边还有一张练习纸，写了一行字：我一定要找到你。

两张纸片上的字，引发了读者的兴趣，在文章的开篇，作者巧设悬念，以此吸引读者的兴趣。寻找小安，一切就从这里开始！

谁安？谁勿念谁？谁找到谁？所有人都一头雾水，只有小安的同桌欲言又止。

我把他带到办公室，从他嘴里得悉一个秘密。

原来小安以前还有个同桌，叫阿杰，两个人是好朋友。放眼课堂，这所重点高中的重点班里气氛紧张，学生们个个磨剑擦枪，耳朵里只有不停书写的沙沙声和哗啦哗啦翻课本的声音，触目所见，有人在用力拉拽自己的头发，有人在手掌上掐出血印。

寥寥几笔，便把高考前紧张复习的氛围渲染了出来，同学们的焦灼和不安以及另一个人物出场——小杰。

然后，阿杰突然就崩溃了，拿起小刀狠狠戳向自己的大腿。小安把他送到医院，他却趁夜深人静，从医院悄悄出走。几乎没有人关心他去了哪里，毕竟他的父亲远在国外，已另娶妻生子，母亲远嫁南疆，也有了儿女。

点明阿杰悲惨的家庭状况，以及小安对他如此关心的原因。

但是小安却一直不肯死心，上个礼拜，他收到这张来自拉萨的明信片，脏脏的，旧旧的，经过了无数辗转，看邮戳，都已经是三个月以前的了。他捧着它，脸上变幻了N种表情，最终定格在似哭似笑。

小安决心去西藏的原因。

小安对阿杰的思念。

这，大概就是他消失的因由吧。

一旦得知朋友的下落，就忘了要命的高考已经在前方缓缓敞开了黑洞洞的大门。

小安的父母急得发疯，到处查问小安的行踪，我也急得发疯，托拉萨的朋友帮忙寻找，可是拉萨那么大……

写了"我们"寻找小安的艰难，同时为后文作铺垫。

终于，小安拉着一个黑瘦的男孩站在我面前，我这个替代得了急病的原班主任而被临时抓差三个月毕业的代理班主任，一下子跳起来，随手抓起身边一本书，劈头盖脸向他打下去。天知道我为了隐瞒他失踪这件事，犯了多大的错误，顶了多大的罪。要不是他给他父母打过几个报平安的长途，我绝对会去派出所报人口失踪案。

运用了动作、神态的描写，写出了老师的顾虑，可以看出老师对小安的关心之深。

他不能请长期病假，否则得去校办公室办手续，所以只能三天一请，两天一请，由我签字。我捏着冷汗，生怕他出了什么事，我落一个隐瞒不报，到最后说不定给开除公职，天哪，吓死我了……

老师对学生的帮助，令人感动。

他一边笑一边躲，一边摸着那个男孩的脑袋，说，快叫老师，这是咱们的新班主任。

"你叫阿杰？"我板着脸。

"嗯。"他的眼神清亮，神情淡然。

表现出小安与阿杰的亲近、友好，两人的友谊可见一般。

这个曾经因为学习压力过大而发疯自残的男孩，现在看来精神状态完全没有问题。小安说他下火车就后悔了，在这里找个人，跟在蚁海里找只蚂蚁类似。他就这样倒车又倒车，问路又问路，到最后一脚踩到一个乞丐身上，这个乞丐叫了一声"小安"，他才认出来这个是阿杰。

着重写小安找阿杰的艰辛，一路上虽然无比困难，可小安并没有放弃。

阿杰每天就在这个蓝天高远之地，静静蹲守，看手持转经筒的藏民来来去去，人人心中都有一个目标，都有一个奔头，都活得艰难而富有生机。而他，也渐渐觉得重新有了生活的动力，所以才会寄了那张神秘的明信片。

每个人都应该有一个目标，一个理想，一个奔头，好让自己为之不懈奋斗，直到实现梦想。

而小安之所以去找他，是在他意识到自己连简单小安不仅拯救了阿杰，也拯救了自己。

两个孩子的心紧紧地连在了一起，一同携手并肩奋斗。

友谊圣洁无瑕。

结尾点题。

至极的正弦定理都想不起来的时候。所以，既是为寻找阿杰，也是为拯救自己。"我再找不到生活的美好之处，我就疯了，名牌大学也救不了我。"小安说。

现在，两个孩子心中的阴霾荡涤得一干二净，而高考也已经迫在眉睫。但阿杰早因无故旷课被除名。

"没关系的，老师，"小安说，"我哪怕考不上一个理想的大学，也不会崩溃，因为我的心里有一个所在，太阳金晃晃，云彩像洁白的棉絮。"阿杰说，"我可以重新学习，也可以找工作，无论做什么都不会再焦虑。因为我的心里也有这样一个所在。"

我笑了。两个孩子采取了既荒唐又愚蠢的方式，却怀着既圣洁又单纯的目的，所幸的是经过了迷失和找寻，又一步步重新走回来，既救了别人，也救了自己——沿着一条朝圣的路走下去，路的两旁开满了金莲花。

谢天谢地。

点 评

　　本文写了两个孩子之间真挚的友谊。两个孩子互相扶持、互相帮助，携手向前方走去。

　　每个人的生活都应该有一个奔头，心里都应该有一信念的"所在"，让你在坚持不住的时候能有一个依靠，能有一个人在心中"牵挂"着你。

　　这样高尚、纯真的友谊是难得的，这两个人之间的情谊也令我们感动，我们被这样一颗赤诚的心所打动，让每一个人都渴望有一段这样的友谊。

鲍嘉旭 ◎ 评

=== 知识链接 ===

　　西藏自治区位于中华人民共和国西南边陲，青藏高原的西南部，它北临新疆维吾尔自治区，东北连接青海省，东连四川省，东南与云南省相连；南边和西部与缅甸、印度、不丹、锡金和克什米尔等国家和地区接壤，形成了中国与上述国家和地区边境线的全部或一部分，全长近4000公里。西藏以其雄伟壮观、神奇瑰丽的自然风光而闻名。她地域辽阔，地貌壮观，资源丰富。自古以来，这片土地上的人们创造了丰富灿烂的民族文化。

文／李玉兰

往前再走一步

周末的晚上和朋友去酒吧，一个刚进来的女孩子引起了我的注意。女孩子眼睛红肿，目光呆滞，坐在离我不到一米的位置上，要了一杯度数很高的烈酒，一仰脖喝了小半杯，随即便有汹涌的泪水打湿了脸颊。

凭感觉，我确信这是一个"问题"女孩，于是不顾朋友的劝阻，往前迈了一步，坐到女孩身边。

"我是电视台的记者，我没有恶意。"我拿出证件让女孩看了一下："你好像遇到了什么不开心的事，说出来，也许我可以帮助你。"

也许是我的身份让女孩有了倾诉的愿望，女孩捂着嘴，呜咽起来，我耐心地劝慰了她很久，女孩终于说出了她的遭遇。

女孩告诉我，她刚刚被她的男友毒打了一顿，并将她扔在了雪堆里。女孩说着，撩起衣袖，我看见了一块一块的青紫色。

女孩是从四川一个偏远的农村来这里打工的。打工期间认识了现在的男友，并同居了。后来，男友因为打伤了人，被判了徒刑，她苦熬苦等了他整整四年，还经常去监狱探望他安慰他。男友出狱后，不愿意再出去打工，她就用自己四年来省吃俭用积攒下来的钱开了一家小食杂店。但让她意想不到的是：日子过得安稳了，男友却在外面有了别的女人，不但夜不归宿，还

作者通过"坐""要""喝"等一连串的动作描写，勾画出了一个可怜的、心事重重、脆弱的"问题"女孩形象，并提到喝烈酒、流泪，使人意识到这个女孩的身上一定发生了什么不同寻常的事，在文章开头，设置悬念，引起读者阅读下去的兴趣。

"欲语泪先流"，说明女孩一定是极度委屈的。

这两段主要写了女孩的痛苦遭遇，交代了女孩的贫穷、辛苦、痴情和朴素。下文的"人财两空，万念俱灰，只想长醉不醒"点明女孩心中的死结、心中的阴影，由此引出她的厌世与绝望。这里采用了补叙的记叙方法。

经常回来拿钱拿东西，她若稍有不满，就会换来一顿拳打脚踢。因为他们没有正式结婚，她也奈何不得，只希望他能念及她等他四年的患难真情，早日回头。哪想男友却越走越远，竟然兑了他们的食杂店，拿走了所有的钱。如今，她人财两空，万念俱灰，只想长醉不醒。

"我"对素不相识的女孩的帮助温暖了她的心灵，使她必死的决心开始动摇。（铺垫）

我建议女孩可以去法院，或者去妇联，女孩只是哭着摇头。我看看手表，正是广播电台的热线交流时间，便把电话打了过去，希望善解人意的主持人可以化解她心底的郁结。

此处体现了主持人的善解人意，在这样一个脆弱的女孩面前，主持人的等待，挽救了一个走在生命边缘的女孩，使她冰冷的心逐渐解冻，逐渐温暖。

好不容易打通了电话，女孩却只是呜咽着，说不出话来，我着急地看着手表，在一边催促着，唯恐超过了等待时间，主持人会让导播接通另一个电话。

规定的等待时间终于到了，但电话并没有像我预想的那样被挂断，10秒、20秒……在我焦虑的等待中，女孩终于开口说话了！主持人耐心地听完了女孩的哭诉，劝慰她说：你能从那么遥远的山村来到这里打工，说明你是一个勇敢的女孩，现在只要你再勇敢地往前迈出一步，迈过自己的心结，你就会走出身后的阴影，迎接不一样的人生。女孩低泣着说：四年的真情换来的却是男友如此的绝情，世事难料，人心险恶，对于人世间，她已经彻底绝望了，没有力气再开始新的生活。

女孩的男友给予女孩的打击如此之大，以至于她失去了对生活的信心。女孩简单地认为世间人心皆险恶，其实善良之花就开在了她的身边。

女孩的话音刚落，来自听众的热线电话就纷纷打进了直播间。一位热心的律师表示愿意义务帮助女孩打官司；一个热心的大娘表示自己家里有空余的房间，可以让女孩暂时居住；一位私企老板则表示可以让女孩到他的公司来打工；一位热心的妇女担心女孩会自杀，说要和女孩单独谈谈。听众的热心，让女孩冰冷的心渐渐有了温度，当一位热心的先生建议女孩赶快回家，回到亲人身边时，女孩胆怯地说，她没有回家的路费，现在，她身上仅有的就是她本来打算用来为生命饯行的一杯酒钱。热心的先生立刻表示：他

这些热心听众关切的话语、温暖的感情和来自四面八方的热忱，都让女孩感动，也让她重新燃起活下去的勇气。

愿意为女孩提供回家的路费……

不到半个小时的时间，我所在的酒吧里，来了十多个素不相识的热心人。在这个寒冷的夜晚，他们走出了自己固守的生活圈子，往前走了一步又一步，带着人之初的本善，站到了绝望的女孩面前，为这个站在生命崖畔的女孩，构建了一道生命的护栏，让女孩冰冷厌世的心感受到了世间温暖的阳光……

面对人生的变故和际遇，更多的时候，我们应该让自己学会试着往前再走一步。

往前再走一步，生命也许不会柳暗花明，但却会让我们感受到别样的风景和感动；往前走出的很小的那一步，也许就是我们的灵魂增加的一分高度。

人性的光芒闪耀着照亮了每一个人。

有时，往前走一步，就是海阔天空，其实困难并不可怕，挫折也并非那么坚不可摧。当别人陷入困境时，走一步，拉一把；当自己陷入困境时，走一步，跳出困境。这就是我们在漫长人生中真正应该做的。

卒章显志，扣题。

重点：中心深刻，主题明确，从两个方面说明了面对困难与挫折的态度。

亮点：

1. 巧设悬念：作者通过开篇就塑造一个可怜脆弱的女孩形象，设置悬念，引起读者兴趣，再通过情节的发展，层层深入，剥茧抽丝，突出主旨。

2. 暗穿线索：本文通过"我"以及热心人们的举动为暗线，以女孩的遭遇为明线，推动了情节发展，两条线索交织，更加有力地突出了文章主旨。

用词精准：

本文的又一大亮点，用词精练、得当、准确，动词的连用，突出了人物的情感，形容词的使用精辟准确，使人物的心理与性格都凸显了出来。

启示：

1. 在遇到挫折时，我们不要一味退缩、逃避，而是要勇敢一些，走出那看似困难的一小步，就会海阔天空。

2. 在别人遭遇困难时，我们向前走的那一步，对自己来讲是举手之劳，可对他人来说，或许是最关键的一步。

审美：精准生动的用词美，层层设疑的结构美，明暗交织的线索美，以小见大的主题美。

开端：哭泣的女孩——脆弱，绝望；"我"——向前走了一步，关爱女孩绝望；发展：女孩哭诉自己的遭遇——万念俱灰。"我"帮女孩联络电台——热心、女孩厌世（对比）——高潮：女孩说出寻死念头，对人世绝望；许多热心人主动帮助女孩；女孩受感动。结局：女孩被感动，放弃了寻死的想法；热心人们来到女孩身旁，劝慰她；女孩重拾信心。

引出启示：往前再走一步，生命也许不会柳暗花明，但却会让我们感受到别样的风景和感动；往前走出的很小的那一步，也许就是我们的灵魂增加的一分高度。

金晶玉 ◎ 评

知识链接

妇联：中国共产党领导的为争取妇女解放而联合起来的中国各族各界妇女的群众组织。具有广泛的代表性、群众性和社会性。中华全国妇女联合会是中国共产党和中国政府联系妇女群众的桥梁和纽带，是国家政权的重要社会支柱之一。成立于1949年3月，原名为"中华全国民主妇女联合会"，1957年改名为"中华人民共和国妇女联合会"，1978年又改名为"中华全国妇女联合会"，简称全国妇联。它的基本职能是：团结、动员广大妇女参与经济建设和社会发展，代表和维护妇女利益，促进男女平等。

文/薛 峰

曾荫权口袋里的卡片

　　时下香港，通胀令满城民怨沸腾，百姓的日子过得"不快乐"，他们对政府很有怨言。7月16日，立法会议事堂举行，香港市民从电视上看到，特首曾荫权在回答议员刁钻的问题前，两次从西装左边口袋里拿出小卡片，看了看再答问。

　　第一次是在一个半小时的答问中，当一位议员告诉特首近来民望下跌，"可以与时下下滑的股市相比较"时，曾荫权听后，流露出不悦的神情，他大声叹气"唉——"，而后伸手从西装左边口袋里抽出一张小卡片，匆匆看了一眼，又将小卡片放回西装口袋，情绪平稳了，而后回答问题。

　　第二次是会议的最后，一位议员问他会否放弃"亲疏有别"的思维，曾荫权听罢，脸色一沉，内心处于"应激状态"，他略一停顿，转过身，再次抽出那张小卡片，眼睛扫了一眼，再将小卡片放回口袋。他在回答此问题时，尽管神色严厉，但还算平静。电视机前的人都看到，这次曾荫权是发怒了，不过他尽力把怒气压下去了。

　　那张卡片上到底写了什么，竟然能让曾荫权克制怒气？

　　对此，人们纷纷猜测。有人说那张卡片是他心爱的小孙女的照片，有人说卡片上是林则徐书房挂的匾

　　"通胀"即通货膨胀，指的是物价持续而普遍的上涨现象。"刁钻"是狡诈、狡猾、刁钻古怪的意思。这里用来形容议员们的提问让人无法接受，为曾荫权的"发怒"作铺垫。

　　第一次看卡片，表现卡片以让人平和沉静的能力，设置悬念，推动文章的发展。

　　"亲疏有别"指对不同的人亲近和疏远有所不同。

　　通过曾荫权这次压制怒火的表现，显示出卡片的神奇能力，可以让人的心态变得平和，让人对卡片上的内容有所猜想，给后文设置悬念，推动了文章情节的发展。

　　因为好奇心的作用，人们的猜测也推动了情节发展。

猜测①体现心中有作为长辈的慈爱，②则表现出心中的强烈暗示，③更体现了有自控能力，为所有的猜测与后文的全盘否定作了铺垫。

文章中插入特蕾莎修女的事件，为证实文章中心和作者观点的几个关键词，其中人间最美好的情感是"仁慈、尊严、抚慰、温暖"等。

字上的内容无关紧要，而特蕾莎修女的精神却流传一世，永远激励着下一代的人。

林肯"随身物品"里的"剪报"同曾荫权的卡片同样，为后文设置悬念。

"热烈"一词一方面表现了林肯的伟大功绩，另一方面又反映出他自我安慰的心理。

用"些微"表现出林肯的谦逊是最大的美德，也就可以突出这些剪报的作用是为了给自己安慰。

牌"制怒"两字，还有人说卡片上面根本就没有任何字，只是为转移注意力，自我暗示沉住气而已……不过，据曾荫权身边的人透露，卡片上写的是诺贝尔和平奖获得者特蕾莎修女的金句，具体是什么就不知道了。

特蕾莎修女一生都挣扎在贫困的异域，但她用仁慈作为抗争的手段，拯救了穷人的尊严。她在印度加尔各答创办"垂危之家"，拯救街头那些奄奄一息的乞丐，给他们精神抚慰，使得心灵冷漠、感情荒凉的人间多出了许多温暖，感动了无数人。她更像一位圣女，她的名言有：我不但要信仰，而且要实践，我要身体力行；我不但要宽恕，而且要爱人，我要忘却得失；我不但要关怀，而且要挽救，我要助人为乐；我不但要施予，而且要效力，我要服务终生。

曾荫权口袋里的卡片具体写的是什么，我不得而知，但我想肯定与理解、宽恕、关爱有关。特蕾莎修女的金句，都是闪烁着仁爱的光芒的。

这使我想起了一位伟大的总统——林肯。

1865年4月14日，林肯在华盛顿的福特剧院遇刺身亡。当时他的随身物品包括两副眼镜、一块镜片擦布、一把小刀、一条亚麻布手帕、一条怀表链、一个棕色皮夹。皮夹内有五元纸钞，另外还有几张剪报。

为什么林肯会随身携带剪报呢？让我们看一下这些剪报的内容吧。大部分剪报热烈赞扬了林肯任职美国总统期间的成就。其中一张剪报引用著名牧师和演说家亨利·沃德·比彻的演说："亚伯拉罕·林肯可能不如安德鲁·杰克逊暴躁刚愎，但是在历史的长河中，后者将根本无法与林肯相提并论。"剪报中记者接下来写道："话音刚落，掌声如雷鸣般响起，仿佛永远不会停息。"

为什么他会携带这样的剪报呢？如果你对林肯哪怕有些微的了解，你就该知道，谦逊是他最有魅力的美德之一，他绝对不会拿这些夸赞他的剪报向人炫耀的。

答案只有一个，那就是自我安慰，给自己勇气和力量。林肯在担任总统期间，经常遭受对手的攻击，时常得不到理解，他为此患上了严重的抑郁症。于是，在遇到攻击之时，在得不到理解之时，在身陷冰窟之时，这些剪报，都成了他继续生存奋斗下去的力量，给他阴霾的心里撒下些阳光。

用了比喻的修辞，把剪报带来的精神和力量比作阳光，形象地写出勇气与力量给人带来的动力和光明。

同样是两位不同凡响的人物，同样口袋里装着东西，尽管东西不同，但它们都是内心的见证。特蕾莎修女的金句稳定了特首曾荫权的情绪，那些剪报带给林肯总统勇气，这些都反映了他们的智慧和理智，他们超乎常人的自制力和意志力。正是这些使他们成功的品质，激励着他们取得下一个成功，获得人生的淡定和欢乐。

结尾升华，总结全文。

本文写了两个大人物口袋里装着可以激励自己的东西，中间又插入特蕾莎修女的感人事例，说明信念可以激励人成长，表明人应该拥有自制力和意志力，才能激励自己取得下一个成功。

读罢此文不禁联想到自己，原来，不如意、心低落的时候，我脸上的笑容就如他们手中的卡片、皮包里的剪报一样，是我坚持向前拼搏的动力。我们都一样，需要信念的支持。

海浪为劈风的航船饯行，为随波逐流的轻舟送葬，因为有了信念，敢于奋斗，才会站在人生的顶峰。

赵心雨 ◎ 评

知识链接

亚伯拉罕·林肯，美国第16任总统。他领导了美国南北战争，颁布了《解放黑人奴隶宣言》，维护了美联邦统一，为美国在19世纪跃居世界头号工业强国开辟了道路，使美国进入经济发展的黄金时代，被称为"伟大的解放者"。

给梦想调个方向

　　世界是一个大舞台，当梦想受阻时，勇于退回、给梦想调个方向，这也是一种睿智和成功。奥黛丽·赫本原本的梦想是芭蕾舞演员，并为此付出了大量的努力，可当在注定只能做配角的情况下，她选择回头，踏上了另一条路。而这条道路，使她走向了成功和光荣。

文/白　露

坚忍吹来的"南风"

　　他是一名杂志发行员，高中毕业后由于家庭贫困他没能继续学业，一个人孤苦伶仃地来到上海。

　　他每天在上海的各个书报亭之间奔波，用自己一腔的热情和全身的气力去推销每一本杂志。尽管如此，很长一段时间，他也没有推销出去理想数量的杂志，好多书商都拒绝接受他的杂志。当然，书商拒绝他的杂志，并非杂志的质量不好、价位高，主要牵涉到书商的利差问题。

　　他了解到浦东的一个图书批发商的许多杂志都销得很好，于是便想把自己的杂志给他销售。他第一个月月初骑车用4个小时去浦东给那个书商送杂志，但书商不想要他的书，他就在书商的店里站着义务帮书商发书，希望自己的杂志能随着书商的其他杂志一起批发出去，可书商嫌他的杂志没有销路，没有心思理他。

　　第二个月月初，他照样去那里，书商看他挺可怜的，就答应先把杂志撂在那里，并告诉他：有人问就发出去，没有人问你还拿走。

　　第三个月月初，他骑车带着200本杂志去浦东的时候，刚走了一半路就遇上了大雨，他毫不犹豫地把自己的外衣脱下来包在书上。他冻坏了，真想骂娘，可他还没来得及把脏字说出口，他的车后胎却"叭"的

"孤苦伶仃"一词表现出他孤单一人在大都市中浮沉的艰难和困苦。

第一次，书商嫌他的书没有销路。

"他"不气馁，第二个月依旧去找书商，书商看他可怜，才答应他把杂志放下。

第三个月"他"依旧骑车去送书，面对挫折，心里产生了犹豫和动摇。

一声爆了。这是一段前不着村后不挨店的路。他实在气馁了，蹲在地上哭出了声。他想：自己在上海都一年了，也没有找到合适的活儿干。推销杂志吧，3个月也没推销出去几本……他在不断地否定着自己，同时，他也想不干这个工作了。但他转念一想，不干这个又能干什么呢？

他正想着，一辆出租车过来了。他知道，坐出租车去浦东至少需要60元钱，而他身上只有十几元的零用钱。但他忘记了自己是不是下意识地给出租车司机招手示意了，总之，出租车在他面前停了下来。他想，无论如何，一定要把这200本杂志送到那个书商手里，即使以后不干这个工作了，这一次也绝对不能半途而废。

出租车司机出现是个偶然的转机，他是"从不舍得花钱打车"的人，却狠下心来坐了一把出租车，感动了书商，也正是这件事，让他的生活发生了惊天动地的变化。

他跟出租车司机解释说，他今天身上没带足够的钱，只有十来元的零用钱，劳驾师傅送到地方以后再借别人的钱还他。司机师傅爽快地答应了。

书商看到他打车过来，看到他淋湿的全身和未湿的杂志，一下子惊呆了。他也知道，这个小伙子是从舍不得花钱打车的，今天怎么破天荒了呢？当了解内情后，他非常感动，连声说："你真行，你的执著让我佩服，你的杂志我一定认真对待。"

一切似乎都随着来自书商一句肯定的话而有了改观，他完成了自我的美丽蜕变。

他万万没想到，他的执著这么快就得到了回报。果然，他的杂志在这个书商的热情帮助下打开了市场，并且一年后，成了上海热销的杂志之一。

他叫王自立，河南农村人。

他推销的杂志叫《南风窗》，他现在已经是《南风窗》华东地区工作站的站长了。感受着"南风"的吹拂，如今的他有房有车，在上海立住了脚。

叙述完毕，转入议论环节，成功是什么？是坚持不动摇，是坚忍有耐力，是困难面前巍然不动。

看了王自立的成功之路，让我想到了坚忍二字。什么是坚忍？坚忍就是坚持而不动摇，有坚韧不拔的意志，在困难面前屹然不动，把痛苦的感觉或某种情绪控制住，不管面对尘世的浮华或人间的痛苦都能保持镇静、永不放弃的心态。坚忍是构成性格的最重要的基石之一，一个坚忍的人，会永远含着微笑，从容迎接生命旅程上的风风雨雨。而奇迹，也常常在坚忍中产生。王自立一人在茫然无助的大上海能获得事业上的成功，就在于他的坚忍，虽然也有苦楚和些许犹豫，但他最终坚持自己的选择，让久违的"南风"舒爽地吹过奋斗的足迹。

坚忍的磨砺存在于平凡的一时一事之间。当我们仰望那一座座在历史上高高矗立的巨人的丰碑时，常常禁不住热泪盈眶。那是一种怎样坚忍的结晶啊！风吹雨打，雪压冰封，山崩地裂，沧海桑田，都永远无法改变他们那伟岸的身影。我们也会从心底呼唤：让我们也坚忍起来吧！让人生的风雨，刻出我们成功的雕像。

进一步深化主题，突出重点，抒情达意，表达了作者对坚忍的赞美。

点 评

  本文讲述了一个平凡人凭借自己的一腔热血推销杂志，克服重重困难之后最终获得成功的故事。揭示了人生几十年的起起伏伏中，坚忍是构成性格最重要的基石，而奇迹往往就在坚忍中产生，平凡的一时一事的无数磨砺，才能使我们在人生风雨中刻出属于自己的成功雕像。

孙李伊雪 ◎ 评

▰▰▰ 知识链接 ▰▰▰

  一场大火，把实验室烧成一片瓦砾。爱迪生研究有声电影的所有资料和样板都被烧成灰烬。他的妻子难过地哭了起来："多少年的心血，叫一场火烧了个精光。而今你已年迈力衰，这可怎么办啊！"爱迪生也很伤心，但他决不会由此倒下。发明电灯时，他就先后试验了7600多种材料，失败了8000多次，仍不气馁，终于获得成功。眼下这场火灾也同样不能使他后退。爱迪生对老伴说："不要紧，别看我67岁了，可是我并不老。从明天早晨起，一切都将重新开始。"

文 / 李红都

把爱写在手心里

文章第1段总领全文，引起下文要写"诸多的不便"的具体内容。

在第2段中共列举了4件事：①他往返拿东西时的敲门声她听不到；②她买东西时间之长；③她无法接听电话；④散步时他只能用笔与她交流。

而第④件事恰好是作者要展开描述的重点事件，所以起到了引起下文的作用。

"边走边有说有笑"和"轻松愉快"两个短语与上文所述的不便形成对比。

"泪水涟涟""伤心"写出她看到他因为她无法听见而产生的悲伤、痛苦之情。

娶了她没多久，他便在生活的琐事中感到了诸多的不便。

他上班走得急，刚下楼就发现忘了带家门和自行车钥匙，折身回来敲门，任他把门敲得山响，她都没有反应。他在门外能清晰地听到她在屋里缓缓走动的脚步，她却听不到他把邻居都惊动出来的敲门声；她去买东西，听不清价格，就在一边等着，等商贩不忙了再小心翼翼地请他们给她写下来，或者打着手势告诉她价钱。她去买什么东西花的时间都比别人多；那时家里还没手机，虽然有电话，但是她无法听，有人找他们，电话打到家里，铃声响了一遍又一遍，她静静地坐在椅子上看书，丝毫没有觉察；他拉她散步，看到别的夫妻边走边有说有笑、轻松愉快，他和她说话却得掏出纸和笔来写⋯⋯

不方便的地方多了，他心里多少就有些不快。心情不好的时候，他是不想去找什么纸笔费半天劲写下来告诉她的。有时急了就大声地对她吼，希望这样她能听明白。她却以为他发火了，禁不住泪水涟涟，伤心得吃不下饭。

很长一段时间，他不知道怎么与她沟通才好，毕竟有些时候是不太方便找来纸、笔把话写出来的。但是有些话不告诉她，又会让她感到受了冷落。她的笑容是那么灿烂，当初就是她那纯洁无邪的笑容打动了他的心，让他决定做她的爱人，用一生的耐心和爱心呵护很小就不幸失去听力的她。他舍不得让那么灿烂的笑容蒙上一层阴影。

那晚，他又拉着她的手一起去散步。昏黄的路灯下，晚风扯着她的长裙，撩着她美丽的卷发，也牵动了他无限的惜悯。这么美丽的安琪儿，上帝怎么舍得让她聋了呢？一定是上帝喝醉了！他很想跟她随便聊点什么，习惯性地摸出纸和笔来，想写些温馨的知心话，却发现手中的笔居然下不了水。

他用力地甩了甩，还是不行。他尴尬地对她笑笑，把心里要说的话压了下去。她眨着美丽的大眼睛冲他笑着摊开手心，慢慢地说："你是不是想告诉我什么话呢？写在我的掌心上好吗？"

他迷惑地看着她，心里纳闷，没有水了，怎么写？一向冰雪聪明的她今天怎么糊涂了？

她拉过他的手，伸出食指在他的手心一笔一画地慢慢写出了一个字。她写的时候，他盯着她食指，虽然没有留下墨迹，但他看出来了，她在他掌心上写的是一个"爱"字。

她顽皮地扭着头问："明白了吧？"

他笑着点点头。

他拉过她的左手放在自己左手掌上，学着她刚才的样子，伸出右手食指在她的手心一笔一画地写了个字，刚写完，她就读了出来——"爱"。

他笑着继续写了起来，"嫁给我，你开心吗？"

她露出了他熟悉的笑脸，慢慢地却又清晰地回答："开心！"

他又一笔一画地写："今天我很高兴，因为我找到了另一种与你愉快沟通的方式。"

她笑着用力地点点头。

他继续加快了"笔"的速度："科技发展了，沟通的方式将会更多。我们的心灵会离得更近。"

永远驻守在他心中的是她灿烂的笑容，那么的纯洁无邪。

环境描写，"昏黄的路灯"配以夜中长裙飞舞，长发飘飘的美丽女孩，"一定是上帝喝醉了"写出他认为让她受到如此悲惨的待遇是上帝的不公。他心痛，也正是他深爱着她的一种表现。

首次点题"把爱写在手心里"。

"顽皮"一词写出了她的一个特点，天真、活泼。并没有因失去听力而一蹶不振。

他也在她的手心里写了"爱"字，这个"爱"字让两个人克服了所有的困难而走到了一起。

文中几乎处处都在写他或是她"笑着"和"点点头"，意在表明两人都是用最乐观单纯的心理去面对生活，两人心有灵犀，"笑"就是两人之间爱得深的最好体现。只要有爱存在的地方，永远都有幸福、甜蜜的微笑。

描写十分优美、形象立体，是本文一大亮点。"波痕滚过""月光下闪着银光"好似天使的眼泪一般，她的泪包含了很多情感，有深深的自责，淡淡的欣喜，还有深深的爱。

结尾收束全文，升华主题，扣题。"坦然""愉悦"正是爱所带来的。

最后又写到"月朗星稀的夜晚"让本文章华美落幕。

她含着笑说："是的。听说大城市的聋人已用上了手机收发短信，而且还会用电脑在网络上跟健听人沟通呢。"

他点点头，接着在她的手心上写着："以后，我也要让你早点用上，找到和我更多的沟通方式。"

她的眼里有波痕滚过，在月光下闪着银光落在他的手背。他的心一紧，急忙写到："怎么哭了？你别流泪啊，我心疼……"

她抽出手来擦了擦眼睛，挽着他的手臂向前走去……

十多年岁月的风吹过，他和她都有了各自的手机和电脑，沟通的方式正如当年的期望一样多了起来。但她和他都忘记不了，那个星光灿烂的夜晚，写在彼此手心里的"爱"字。

或许，正是因为已刻入彼此心灵中的"爱"，让他坦然地走出烟火红尘里的各种纷扰，在之后的相处中，用食指当笔，愉悦地与她携手漫步在每一个月朗星稀的美丽夜晚，旁若无人地一路倾诉着一生也说不完的爱意。

本文讲述了一个被夺走了听力的美丽女孩与一个深深爱着她的丈夫之间的故事。在生活琐事之中，他们虽然会有许许多多的不便，然而这些并不能打击他们之间的爱情，正是这份爱让他们更加乐观，坦然地走出烟火红尘里的各种纷扰。"把爱写在手心里"可以是他们的一种沟通方式，同时也是将爱刻在彼此心灵中的一个见证。

文章文题十分鲜明，爱的确可以战胜一切苦难，爱也的确可以给两个人带来温馨与幸福。

读过这篇文章之后，让我对爱有了更深的理解，和舒婷所理解的爱情似乎有些不同。她在《致橡树》中说道："我必须作为你近旁的一株木棉，作为树的形象和你站在一起。"这是一种希望两个人彼此守护着对方，又追求独立对等的爱情，而本文中的爱则是两个人相互依存。《致橡树》中有"根紧握在地下；叶相触在土里""仿佛永远分离，却又终身相依"。在本文中，如果两个人相爱，就是要相扶相持，永不分离，男人的阳光之气与女人的柔韧之美相通。

本文更加让我感受到：爱确实可以改变命运，战胜一切困难，为人们带来幸福安康。

所以让我们彼此心存爱意，永远乐观坦然，用自己最灿烂的笑容去面对生活吧！

付馨瑶 ◎ 评

▅▅ 知识链接 ▅▅

人的听觉阈提高，称为听阈上移或听力损失，又叫失聪，俗称耳聋，有年老引起的，有噪声导致的，也有疾病、外伤等造成的。

耳聋可以有不同的情况。从频率上看，耳聋者往往可能失掉收听高音的能力；但是，有的耳膜失去柔软性，不能听到低音；有的又只能听到某一种高度的声音，其他高度的声音则听不到；有的则可能所有频率的声音都听不到。人为地规定耳聋的程度是用耳听空气中传导的1000Hz、2000Hz的纯音来做出判断的。根据世界卫生组织耳聋分级标准，正常人的听力在0～25db之间；声音要达到26～40db才听得见的为轻度聋；41～55db为中度聋；56～70db为中重度聋；71～90db为重度聋；91db以上为极度聋或全聋。

文／薛　峰

担忧后的奇迹

开篇以担忧入手，既回扣文题，又与后文的种种表现相呼应。

综合运用肖像和心理描写，写出了这张脸的丑陋，父亲因此担忧。

运用了对比的手法，突出这个孩子"羞"的特点，令人担忧。

"满怀"一词突出父母的期待，却与男孩子的表现极不匹配，突出了这个孩子呆滞、笨拙，令人担忧。

"只会"二字是对男孩孤僻性格的体现。

　　他从小就是一个让家人担忧的孩子，还未出生时，医生就神色严肃地告诉他父亲："你爱人胎盘前置，产妇和胎儿都危险。"他父亲很紧张，但并没告诉他母亲，而是不露声色地安排妻子住院。还好，随着他的一声啼哭，母子总算平安。可当父亲欣喜地抱过他时，眉头就是一皱，因为他长得太丑了，脸很不好看，瘦兮兮的。

　　小时候他特别怕生怕羞，在人前一般不肯说话，甚至表现得有一点痴傻。比方说他母亲和其他妇女一起下放到农村锻炼许久回来后，其他的孩子都热情地迎接妈妈，一个劲儿地抱着不放。可他只傻傻地站在一边望着母亲，连一声妈妈都不肯叫。在幼儿园里，许多孩子都喜欢参加文艺活动，只有他，从不沾边，总一个人独自玩耍。

　　有一次，全班同学表演一个集体操，邀请家长参加。他父母满怀喜悦之情打算去欣赏一下儿子的表演。可是，别的孩子都在舞台上表演得很好，动作到位，姿态优美，唯独他，目不斜视，举止那么僵硬。

　　由于他父母都在电影制片厂工作，经常接触一些有名的演员和编剧作家，他们很希望他能受到熏陶，将来也能走上银幕。可他怕见生人，即使那些叔叔阿姨向他热情地打招呼，他也不理。他只会躲在角落里在墙上画画，无非是胡画一些小猫小狗之类的东西。

父母很担忧，他们真看不到孩子的未来发展方向在哪里。既然他不是当演员的料，那就引导他学美术吧，毕竟美术也是属于艺术的范畴。可是，这次父母又失望了，这孩子搞美术也不专心，平时只会画着玩罢了。

又一次提及"担忧"，表明了父母对孩子失望，对孩子未来的迷茫。

后来，他慢慢长大了，随着青年队伍上山下乡，接受劳动锻炼。回城后，父母忧心地把他叫到身边，很郑重地研究他的去向：到商店当营业员，去工厂当技术工人，还是别的……父母很发愁。

可这时，他突然向父母说出一句话："我要当演员，拍电影。"

"突然"一词恰当地突出了这句话十分令人震惊，也成为了男孩成功的转折点。

父亲大吃一惊："就你，也想当演员？"

"当然。"他有生以来第一次胸有成竹地说，"我为什么不能当演员？我可以学戏，考电影学院。"

"可是，你从来就没有吐露过想当演员的念头呀！"

但他坚持说："我现在就喜欢这一行了。"

父亲拗不过他，就勉强同意了他的请求。然而当他拿着准考证兴致勃勃地去考试时，面试人员一看他的长相就把他挥去了：与英俊相差甚远，那脸型让人看着特别别扭，很滑稽，瘦巴巴的，没有一点演员的气质。

父亲的勉强同意与儿子的兴致勃勃，产生了极为鲜明的对比。

但他不死心，他回到家，正式向父亲请教演戏的学问。父亲见他既然这么下决心，也就耐心给他讲解，说要想演好戏，一定要多观察生活，从熟悉的生活中提取素材，这样才能演出生活味儿。

描述了男孩失败后的从头再来，突出他永不言败的性格。

于是，在以后的日子里，他细心观察生活，体验生活，用自己独特的视角发现生活中的趣事，自编自演了一段小品《喂猪》。在后来，他凭着这个小品进入文工团，当了一名话剧演员……

指出男孩用心理解着生活，这也是男孩的成功之路。

他叫葛优。1988年因主演《顽主》成名，后连续主演了《围城》《编辑部的故事》《烈火金刚》《霸王别姬》《活着》等，其中《活着》荣获1994年法国第47界戛纳国际电影节"评审团大奖"，他本人获得最佳男主演殊荣，成为中国第一位戛纳影帝。近年来主演的有《有话好好说》《甲方乙方》《不见不散》《大腕》《卡拉是条狗》《手机》《天下无贼》《夜宴》等，都大受好评，他也因此成为我国当今最具实力和个性的男演员之一。

列举葛优的荣誉，与之前那个不可能成功的形象形成对比，使人眼前一亮，从而引出主旨。

"其实我的名字本是叫'葛忧'，担忧、忧愁的'忧'，后被老师改的，这或许是父母对我一直放心不下。"一次葛优面对记者这样说。

可就是这个"葛忧"后来却变成了"葛优"，优点、优秀、优越、优胜的"优"。这就是奇迹，人生的奇迹。谁的命运都不是被事先注定了的，能否变"优"全在你自己。而努力、坚持、用心、勤奋，是这个过程中必备的因素。

引出"忧"与"优"之间的故事，进一步深化主题。阐明了努力可以变"忧"为"优"。

点明主旨，告诉了我们面对人生应努力、坚持、用心、勤奋。

全文紧紧围绕"忧"与"优"的转变，进行一系列的讲述，以葛优不抛弃、不放弃、坚持努力的可贵精神告诉我们：只要努力、坚持、用心、勤奋就能变"忧"为"优"，活出精彩人生。

不必为天生的劣势担忧，也不要因生来的优势而骄傲，要满怀信心，相信努力可以造就自己的成功。人生正如一场牌局，牌的好坏取决于运气，牌的出法却取决于你。

王鹏宇 ◎ 评

===== 知识链接 =====

　　葛优："文革"时期葛优在北京昌平农村劳动，1979年考入中华全国总工会文工团话剧团从事舞台剧表演。1985年拍摄了第一部影片《盛夏和她的未婚夫》。而真正使葛优走上演艺之路的，是1988年由王朔的小说改编的影片《顽主》，他的外型与表演都恰合了王朔笔下那种"冷面热心"、幽默成性的小人物，他扮演的银幕形象显得轻松、到位，获当年金鸡奖最佳男演员奖提名。从此，葛优星运亨通。1993年主演张艺谋的《活着》获戛纳影帝，接着和冯小刚五度合作，成为中国贺岁电影支柱、当之无愧的百姓影帝。

　　葛存壮：著名演员葛优的父亲，北京电影制片厂演员，著名表演艺术家，在多年的表演工作中，用精彩的演技为观众奉献了众多经典的反面角色，被广大观众所熟知和喜爱。

===== 写作技法积累 =====

反问及其特点

　　(1) 反问一般是用否定的问句表肯定或用肯定的问句表否定，作者不作回答而语意确定的一种修辞方式。

　　(2) 反问的特点：从反面提问，答案已由句子本身阐明。

　　(3) 反问的作用：①加强语气以利论辩；②加强语气，抒发强烈的感情；③引起思考以求共鸣。

　　自问自答是设问，问而不答是反问，设问醒目又意深，反问语强耐深省。

文／凉月满天

气节如花

举例引出论点。

　　她是我的文友，虽然她的文章我读了不少，却一直十分缺心眼儿地认为文里那个突然得病，不能行走，成了"纸人"的倒霉的女主角不是她，是别人。究其原因，也许我心里根本就不相信世界上还有这种倒霉的病。倒霉到一夜之间连丝袜也穿不上，不能刷牙，不能洗脸，不能下床，不能动弹，按不下电话键，只剩眼珠还能"间或一转"——我还以为这种叫做"行进性肌无力"的病只不过是小说里杜撰出来的呢。

　　还有一个，也是我的文友。她的文章里面时常出现"轮椅"这个关键词，我也仍旧十分缺心眼儿地认为那是杜撰，这个世界哪有那么多飞来横祸，会把一个活生生的女孩子，在十七岁的时候轧成瘫痪。可是这却是真的。

正反形成对比，通过两则事例写出人生中一种独有的乐观气节。

写出人要在挫折后学会珍惜，有气节才会战胜挫折。

　　不过，这不能怪我。不是我感觉迟钝，而是她们的文字里没有灰色，没有绝望，没有玩世不恭，没有迎风洒泪，对月长吁，有的是对生活的满满的珍惜、珍爱、感动、感恩——要怪，就怪她们从不标榜不幸。这两个朋友，一个恢复到能打孩子，能刷牙，能洗脸，能自己坐着轮椅去卫生间；另一个，找到疼爱自己的人，坐在轮椅上结了婚。失去一切时的艰辛，愤怒和绝望曾经像一阵飓风，差点毁掉她们的生命，把她们赖以生存的信心连根拔起，于是，当她们从泥淖中终于站起来，就变成两个太容易快乐、太容易满足、太容易惊喜、太容易幸福的人。

  读史，最容易读到"气节"两个字。方孝孺宁肯被十族，也不肯起草一道诏书，是气节；文天祥百般被夷诱，也不肯投降元兵，是气节；屈原为什么怀石投江？亦是不肯看到自己的国家在自己的眼皮底下活活丧亡，这也是气节；就连那个不食嗟来之食的乞丐，只为要坚持一个做"人"的尊严，竟不惜拿命来换，这也是气节。想来气节这种东西如同明月，只有夜静更深，露凉雾重，雪压冰封，战争、动荡、饥荒千锤百炼，才能打造得豪气冲天，平时的柴米油盐、琐碎光景里根本看不见。可是，看不见，不等于不存在。

  哪怕现在出有车，食有鱼，"活着为什么"成了无处不在的困扰。有的人吸毒，有的人酗酒，有的人颓废，有的人垮掉，有的人唯我独尊，有的人挥斥方遒，有的人行尸走肉，有的人追腥逐臭，"气节"这两个字，对于现代人来说，仍旧如色里胶青，水中盐味，至少成为一部分人的生命底色。

  这样的人，在没有路的时候，凭着残疾之身，能给自己硬挖出一条路来；在厄运来临的时候，能把痛苦嚼碎、吃下、长出气力，刀剑出鞘，跟命运对峙；在完全有资格放弃和颓靡的时候，能把所有放纵的理由堵死，然后选择坚持，所有这些，大约都可以称做气节。

  这样的气节连她们本人都没有意识到，更没有"作秀"的成分在，而是一种纯天然的非自觉状态，既不标榜，更不夸饰；而且它的范围小到仅仅是对个体生命的郑重对待，和历史大环境中的大气大节比起来，只能算是"苔花如米小，也学牡丹开"。但是，谁也不会想到，这两个字支撑起来的两个弱女子，会写出什么样的文字：干净、温暖、纯洁，就像一张细细密密的网，网住花香，网住蝴蝶，网住幸福，网住爱。沐

排比的修辞。

举出了中国古代名人为气节英勇就义的例子。

自然过渡，引起下文。

用排比的句式，从反面举出例子，说明现代人很少有人拥有气节。

写出了气节的含义。

气节是人本身具有的一种品质，是人生来就有的，只是不同的人有不同的表现。

比喻的修辞。

生动形象地写出气节之美。

浴在它们的光辉里，就像站在北国凛冽的荒原，看到美丽的小雪花，扑闪着玉色的小翅子，飞舞得满天满地；又像走在涌动的花海里，整个天地间都是令人恍惚地落了又开的繁华与美丽。

说到底，有的时候，"气节"两个字并不是闪着寒光的利刃，一定要刀头饮血，对整个世界都有一种不可商量的决绝，它也可以波光潋滟成一片温柔的海。只要对自己的生命肯负责，把凡俗的日子一天又

深化主题，说明我们应该有气节，应该认真对待生活。

结尾扣题。

一天认真而美丽地过，那么，这种气节折射出的生活态度就是被尊敬的。我们有了它，如同草有了骨，花有了心，整个时代都有了尊严，有了香气。

全文布局十分清晰，开头写两段事记叙，表示"我"对这种"气节"的怀疑，之后一段议论引出"我"对这两件事的观点。之后通过举例古代有气节之人论证，再从现代人无气节反面举例，最后写到"我"对气节的定义，结尾说明了气节的表现形式。全文布局层次清晰，结构严谨，结尾扣题，深化主题。

"气节"二字是从古至今永不离口的话题，朱自清先生宁可饿死也不吃敌人的救济粮，陈寅恪先生绝不白白得到别人帮助，而是拿自己价值连城的书去交换……这都是气节二字起到的作用。但从本文之中，我体会到"气节"并不都是"寒光的利刃""不可商量的决绝"，它也可以是一种坚持，一种"对生命个体的郑重对待"，这是从小处理解"气节"的真正含义。给予我们的启示就是：为自己的生命负责，认真地过好凡俗的每一天，就是有"气节"的生活。

庄鹤然 ◎ 评

━━ **知识链接** ━━

塞万提斯，西班牙16世纪著名作家。他的代表作《堂吉诃德》风行于世，被称为不朽之作。塞万提斯一生多灾多难，出身没落贵族，家庭贫寒，从小就跟父亲外出奔波谋生。22岁参军，在与土耳其海战中，左手致残。后曾被海盗俘获，卖到阿尔及利亚为奴，历尽艰辛。被父母赎身获得自由后，曾在海军中充任军需，后又蒙冤入狱后生活无着，当时一家7口人过着饥寒交迫的生活。他就在这样的困境中写出了《堂吉诃德》《努曼西亚》《惩恶扬善故事集》《加拉黛亚》《巴尔那斯游记》《八个新的喜剧和八个新的幕间闹剧》等一批有影响的作品。

文／顾晓蕊

为了母亲

他出生在旧社会，父亲去世得早，是母亲把他拉扯大的。母亲年轻时家境殷实，念过几年私塾，后来家道中落，日子变得艰难。自懵懂记事起，母亲就教他识字读书，给他讲做人的道理，在他的心里播下善的种子。

开篇引出全篇主要人物——"母亲"。

由于母亲殷勤的教导，使我善在心中。直入主题，发人深思。

那时年少，母亲的话，他常转身即忘。可有一件事，却印在了心里。有一天，他跟同村的孩子吵架，受了委屈，跑回家哭诉。母亲又急又气，呵斥道："你不要惹事，把娘气出个好歹，你怎么办？再说，村里人待咱不薄，要念着别人的好。"他记住了母亲的话，自那时起，他遇事忍让，不让母亲担心。

家里全靠母亲种地，勉强维持生计。她每天天不亮起床干活，深夜还在灯下忙碌，由于经年累月的操劳，落下一身病痛。看到母亲一天比一天憔悴，像秋风中颤抖的叶子，他的心隐隐地疼。时光如蜗牛一样慢吞吞、慢吞吞的，他盼望着自己快些长大，替母亲分担劳累。

比喻的修辞手法，将母亲的憔悴淋漓尽致地表现了出来。

在他15岁那年，谋到一份差事，到粮行做苦力。他本来就是苦孩子，累点倒不怕，可搬得慢了，还得挨监工的鞭子。他的背上被打得淤青，带着血印子，痛得几乎昏死过去。然而，一想到母亲的病，他咬着牙忍了下来。他每天只啃两个窝头，实在饿急了，吃谷糠充

三个苦难的形象描写将作者努力工作时的悲惨状态刻画出来，侧面表现他为母亲着想的心情。

饥，用省下来的工钱给母亲买药。

母亲的病总不见轻，偏偏背上又长个脓疮，疮长到碗口般大小。疼痛折磨着她，整夜整夜地睡不着，身体越发虚弱，人也瘦得像张纸。他打听到有位乡村医生，能治这种病症，跑了很远的路，请他来家里给母亲看病。

医生把了把脉，说："你要是孝子的话，你母亲的病有救了。"他恳求道："你说吧，为了母亲，让我做啥都行。"他听从医生的话，跪在母亲床边，用嘴对着脓疮，一口一口地吸出半碗脓血。随后，医生写了药方，嘱咐按时煎服，他当时就许下愿望："如果母亲的病能好，我从此吃素。"

母亲的病果然好了起来，眼里有了光彩，面色也日渐恢复。他握着母亲的手，高兴得直落泪。母亲为他吃了那么多苦，能为母亲做些什么，他觉得很开心，很满足。只要母亲在，他就有了一个家，就不是无根的浮萍。

此后的几十年，他娶妻、生子，尽心侍奉母亲，直到母亲84岁辞世。他的故事传了开来，被村民称为孝子，他就是我的外公。太姥姥去世后，外婆也相继去世，妈妈劝说多次，才把外公接到了城里。

望着苍老瘦弱的外公，妈妈心疼地说："你长年吃素，营养会跟不上的，我给你做些荤菜补补身体。"外公摇头说："我发过誓，母亲在或不在，我的心都是一样的。"妈妈眼眶全湿，扭身进了厨房。

外公住了一周，就急着回去。妈妈想，也许是忙惯了，因此，买了半袋花生，让他帮忙剥壳。两天后，花生剥完了，外公仍嚷着要走。妈妈翻看日历，发现清明将至，知道他惦着给太姥姥上坟，只好送他回老家。

过了一段时间，妈妈不放心，回老家探望外公。谁知屋里没人，听邻居说，外公在学校门口摆摊。妈妈跑去一看，外公蹲在货担前，面前围了几个衣衫破旧的孩子。外公笑眯眯的，抓一把糖果，一人分上一颗。

运用了比喻的修辞手法，"人比纸瘦"照应上文"母亲一天比一天憔悴，像秋风中颤抖的叶子"。突出了母亲的身体虚弱。

"跪""对""吸"三个动词生动贴切地写出"他"为母亲治病的急迫心理、情态，突出医生的"孝子"之说。

母爱的伟大。

点明主人公与作者的关系。外公的朴实、孝顺言传身教地影响着母亲和"我"。

动作和心理描写，呼应前文"只要有母亲在，他就有了一个家，就不是无根的浮萍"。

妈妈走上前说："您这不是白忙活嘛？"外公说："那些年，乡亲们没少帮咱。母亲生前常念叨，我这也是替她还愿。"

在后来的日子里，外公一直摆着小摊。他不在乎挣多少钱，半卖半送的，只想给孩子们一点欢笑，一点点甜。他用这样的方式，悄悄地行善。直到有天傍晚，他挑着货担回家，不小心摔了一跤，被人发现时，已是气息奄奄。妈妈得到消息后，匆忙坐车赶回老家。

月光透过窗户，倾洒在病房里。妈妈扑到外公床前，轻轻地呼唤着，他侧过头，用微弱的声音说："我……梦见了母亲……"后面的话，妈妈没听清，正要俯身去问，只见外公已闭上了眼睛。他走得那么从容，神态安祥，无惊无惧，仿佛踏上了另一段温暖的行程。

至善而至美，大孝而动天。

外公一直为别人着想，怀着一颗善良的心，安详离世。

照应开头，总结全文，卒章显志，总结升华。

　　本文写了一位儿子为母亲无私付出，直到弥留之时还梦见远去的母亲。百善孝为先，作者围绕着"孝"字展开，逐步转变为善，一种无尽的爱围绕在外公与太姥姥之间，是那么的美好，让人憧憬。

王祎婷 ◎ 评

=== **知识链接** ===

　　子路，春秋末鲁国人，在孔子的弟子中以政事著称，尤其以勇敢闻名。子路小的时候家里很穷，长年靠吃粗粮野菜等度日。有一次，年老的父母想吃米饭，可是家里一点米也没有，怎么办？子路想到要是翻过几道山到亲戚家借点米，不就可以满足父母的这点要求了吗？于是，小小的子路翻山越岭走了十几里路，从亲戚家背回了一小袋米，看到父母吃上了香喷喷的米饭，子路忘记了疲劳。

文／孔　静

我与志明这三十年

"我"与志明从出生那一刻就有着牵扯不断的关系。"最殷实"表示我们同样的出身境况。

全文以年龄的成长为顺序，以"我"和志明的成长历程为主线，交替描述，交叉对比。这是本文的最大亮点。

相依为命：写"我"的家道中落，命运发生转折。"我"与志明分别开始了不同的人生。志明上学与我在山上砍草形成鲜明对比，意在表明家道中落的我的生活之艰苦。

用莫校长的"好心"表现"我"当时家里的窘迫，用"我"的100分与他的及格65分比较，同时也为后文不同结局作铺垫。

暑假中：志明——玩；我——独立收割家中的田地，独自挑起了家中的重担。形成鲜明对比。

一岁时

我和志明出生了，我六月，他八月。我的父亲是心灵手巧的木匠，他的父亲是精明的杂货店主。我们两家是村里最殷实的人家。这一年，两家人为我和志明举办了小村庄里最风光的满月酒。

三岁时

我的父亲得病去世了，母亲远嫁他乡。我与奶奶相依为命。

志明家的小店这一年由草屋变成了瓦房。

六岁时

志明上了小学。

我和奶奶在山上砍草，备下一年的柴火。

七岁时

村里好心的莫校长免去了我的全部学费，我上了一年级，也考了我的第一个100分。

志明重读了一年级，也取得了他的第一个及格分：65分。

九岁时

这一年暑假，志明成了村里的孩子王，领着一大群孩子上山、下河。

我一个人完成了家里二亩三分田的收割。

十二岁时

这一年雪来得特别早，我家二亩田的水稻全压在了大雪里。用了五天时间，我终于赤着双脚割完了稻子。只是冻坏了一双脚，以后每到冬天，我的脚就钻心地疼。

稻子割完那天，志明从温暖如春的家里，偷偷送了我一双崭新的皮靴。

十三岁时

我初一，当我把期末考试第一名获得的十元奖金，递给奶奶的时候，奶奶一把把我搂进了怀里。奶奶的泪水，温热温热的，洒了我一脸、一身。多年后，我还常在梦里，被奶奶温热的泪水惊醒。

这一年，志明带回了他的第一个女朋友，班里那个眼睛大大的、亮亮的女孩，那个常给我带咸鸭蛋与豆腐的女孩。

十五岁时

我在得了满满一屋的奖状后，以全镇第一的成绩考上了一所中等师范学校。这是当年唯一分配工作的学校。

志明在换了足足一打的女友后，选择了初三复读。

十六岁时

我捡破烂、写稿、做家教，勉强填饱了肚子，同时为了交学费欠下了六千元的高利贷。

志明痛定思痛，断绝了和所有女孩子的往来，考上了一所末流高中。

十七岁时

我写稿攒下了五百元。

志明偷了家里的二千元钱，和一个漂亮的女孩子跑了一趟杭州，只是为了看看热播的《新白娘子传奇》中的西湖与雷峰塔。

十八岁时

我在一所偏远的小学当了一名老师，每月工资

大雪——温暖如春；赤脚——崭新皮靴。对比既写出了"我"生活的艰难，又交待了"我们"的友谊。

"我"学习成绩优异——考试第一，志明游手好闲——交女朋友。

"满满一屋""全镇第一""唯一"都显露出了"我"的成绩之优，也反映了"我"的刻苦。

志明的幡然醒悟、复读与前文重读一年照应。

"我"拼命努力，却只能勉强吃饱饭，还欠了高利贷。

志明下了很大决心，只与为女友断绝来往。

"攒"与"偷"，"五百"与"两千"形成鲜明对比，写出了两个人不同的人生观。

文中多次用具体数字表现两人的差距。

四百八。工作之余，我努力做着一切能赚钱的事，累得像一条没家的野狗。奶奶这时去世了，这个世界上，我举目无亲。年底我终于还了六千元的贷款，却欠下了三千元的贷款利息。

"没家"暗示下句奶奶的离开。

志明家在交通路口，开了家超市。

二十岁时

凭着良好的文笔，我考上县委宣传部的公务员，却在体检时因为乙肝表面抗原阳性被刷下来。

一下一上形象地表现出我与志明的差距。

志明高三复读一年后，考上了一所师范专科学校。

再次复读。

二十三岁时

我与邻校的一名女老师结婚，欠下一万多元的债务。我和妻子的工资加在一起还不到一千六百元。

数字造成强烈对比。"我"结婚欠下一万多债务，志明用二万元换得好前途。

志明师专结业，志明他爸花了二万块找了关系后，志明在县城最好的那所省级示范高中报到上班了。

二十四岁时

工作之余，我成了一名网络写手，每晚都爬格子到十二点。一年共得稿费九千，还清了债务。

用数字具体展现了二人的生活现状。

志明暑假办了个辅导班，赚了六千，一年内单位各项福利一万五。年底，志明他爸花了十八万，在县城最繁华的地段为志明买了一套一百二十平米的大房子。

二十七岁时

志明和同校的一名靓丽的女老师结婚，在县城最大的酒楼里请客。在志明装饰考究的新房子里，我和妻子看到了志明和妻子迷人的婚纱照。

"靓丽、最大、考究、迷人"等词充分说明了婚礼的华丽。

在回家的路上，我和妻子来到一家影楼，补照了一套婚纱照，稍微弥补了一下结婚时没照婚纱照的缺憾。照片上，四岁的儿子坐在我和妻子的中间，灿烂地笑着，但是妻子淡淡的粉底下，已有了细细的鱼尾纹。

"细细的鱼尾纹"与前文"靓丽的女老师"形成对比，表现"我"夫妇二人的操劳。

二十九岁时

我们终于攒了十万块钱。可是县城里的房子已经攀升到三千多一个平方。我们只好在不远的小镇买了套三居室的房子。

这一年股市疯一样狂长，志明携十五万入市，赚了不下十五万。

三十岁时

在我简单装饰的房子里，志明一家来看我和妻子。志明三岁的女儿在音乐声中，翩翩起舞。我七岁的儿子却已在电脑上运指如飞地看动画，做智力游戏。

我知道，我三十年陀螺般地高速旋转，不过是为我的孩子赢得了一个勉强和别的孩子一样的起跑线。而我今生，永远都是一个慢了不止一拍的跋涉者。

我"终于""攒"了十万元，而志明却轻轻松松赚了十五万，不得不说"造化弄人"。

结尾一句话十分辛酸，原本和志明同样家境，因为父亲的突然离去，"我"输在起跑线上，而正是"我"这些年的拼命打拼，终于让自己的孩子站在了和别人一样的起跑线上。

本文以"我"和志明两个人迥然不同的成长历程为主线。

从最初村里两户最殷实的家庭入手，父亲离去、母亲远嫁成为最大转折，从而推动故事情节发展，两个人各自演绎着不同的人生，处处形成鲜明的对比。新颖的结构模式使文章脉络更加清晰，文中不止一次地提到具体数字，让反差具有更强的说服力。

最终，艰苦奋斗了三十几年的我，让我的孩子勉强与志明的女儿有了一样的起跑线。文章结尾说"而我今生，永远都是一个慢了不止一拍的跋涉者"也是作者自己对自己半生拼搏的一个总结。

黄萧潼 ◎ 评

=== **知识链接** ===

改革开放30多年来，中国取得了举世瞩目的成就：国民经济持续、快速、健康发展，GDP年均增速保持在9％以上，社会生产力和国家综合实力不断增强，经济总量稳居世界前列；人民生活水平显著提高，到上个世纪末已总体上达到了小康。然而，随着经济的高速增长，中国也出现了严重的贫富差距问题。目前，中国已经成为世界上贫富差距最大的国家之一。

文／薛　峰

给梦想调个方向

　　她出生在比利时布鲁塞尔一座豪华的宅邸里，她父母都是当时显赫的贵族，可她却长得矮小、丑陋，这使她从小性格就很文静、内向，甚至胆怯。她没有玩伴，整天只与小猫小狗在一起；她不敢照镜子，不喜欢自己的脸，眼睛太大，牙齿不整齐。不过，就这样的一只丑小鸭，却喜欢上了舞蹈，看芭蕾舞剧对她来说是一种极为美妙的享受。她成天都梦想着：将来自己能当一名芭蕾舞演员该多好！

　　9岁那年，在她的央求下，母亲把她送去学芭蕾舞，她的学习热情大大超过了其他的学生。她非常自觉地严格训练，掌握了全部基本步伐、动作和基本姿势。可正当她专心致力于舞蹈时，第二次世界大战爆发了，母亲把她带回了家。她恋恋不舍地离开了芭蕾舞学校。

　　不过，她是一个非常认真的学生，庄重、拘谨、意志坚决，尽管在家里，她一有空闲，就翘起脚尖站立、旋转。她暗下决心：总有一天我要成为一名独舞演员，并成为舞星，让路上遇见我的人都对我微笑，并发自内心地对我说："你真的很棒！"

　　战争结束后，她再次进入芭蕾舞学校，师从一名当时很有名气的舞蹈家。她上挑的眼角，高高的颧骨，秀气的鼻子，方方的肩头，苗条的躯干和修长的

　　"显赫"的贵族与"矮小""丑陋"作对比。写出了她与这个家庭的格格不入。为后文写她"自卑""胆怯"作铺垫。

　　"就这样的一只丑小鸭"突出了她与她梦想的反差很大。

　　"央求"一词写出了她对芭蕾的热爱。

　　第二次世界大战是她舞蹈梦想的第一个阻碍。

　　"一有空闲，她就翘起脚尖站立、旋转"写出了她对梦想的执著，为后文她的成功作铺垫。

腿，虽然不是特别漂亮，但十分有个性，这很快就使
她成了老师的得意弟子。经过老师的精心指导，她学
到了很多东西，对芭蕾舞有了许多新鲜独到的见解。
她觉得即将实现梦想了，心里十分高兴。

> 她成了老师的得意弟子，找到了自
> 信，梦想即将实现了。
>
> 可这也成为另一个转折点。
>
> 家庭败落成为她的梦想的第二个
> 巨大阻碍。

可就在这时候，她家庭开始败落，经济条件一落
千丈，最后母亲只好再次把她从学校领出来，带着10
元钱的积蓄去伦敦寻找机会。

在伦敦，她们母女住在一间只放得下两张单人
床的房间里，母亲在一家花店找了份小工，她则找到
一份在教堂值班的工作。但她不曾忘记自己的梦想，
她一边业余做广告模特，一边关注招聘芭蕾舞蹈演
员的信息。

> "一边""一边"突出她对梦想的
> 执著。

后来经人推荐，她参加了美国音乐剧《高扣鞋》
的演出，在剧中当一名群舞演员，演得不好也不坏，只
是单调地被包围在人群中。她不喜欢这种演出形式，
也不喜欢这样的生活，她觉得她参加的戏莫名其妙。

这种状况让她很痛苦，对于舞蹈，那是让她痴迷
的梦想，并且为之奋斗了十几年。可以说，正是因为内
心怀有舞蹈梦，她才一路勇敢地走了过来。可如今，
当她真正站在舞台上时，才发现，其实自己根本不属
于这里。

> 她不想庸庸碌碌地演配角戏，渴望
> 自己的舞台，但却与梦想失之交臂。

这时，一位曾经的导师对她讲出了肺腑之言——
"你不适合芭蕾舞台。"

"为什么？"她问。

> 导师的话让她重新认识自我，舞蹈
> 梦破灭。

"尽管你努力了，但站在芭蕾舞台上，你永远当
不了主角，永远都是配角。"导师真诚地教诲。

那一刻，她终于明白，她当芭蕾舞蹈演员的梦想
破灭了。此时，她19岁，已经为芭蕾舞整整奋斗了10
年。

后来，导师推荐她去演电影，可是，开始导演都
没在意她，但她凭借俊秀的容貌和典雅的气质博得
观众喜爱，竟然迅速红起来。

> "开始导演都没在意她"与她后来
> 的"蹿红"形成对比，暗示她非凡的努
> 力。

1953年，因主演《罗马假日》，她获得了第26届奥

斯卡最佳女演员奖,她把那个美丽、善良、活泼、俏皮的安娜公主演活了,成为电影人物形象的经典。她还主演过《窈窕淑女》《等到天黑》《第凡内早餐》等电影巨作,又连续五次被奥斯卡提名,成为欧美影坛上一颗耀眼的明星。

她虽然没有圆了自己的舞蹈梦,但却实现了演员梦。她的成就源于她的努力与执著。

没错,她就是奥黛丽·赫本,好莱坞最有名的十大影后之一,她以高雅的气质和有品位的着装著称,被誉为"好莱坞的甜姐儿"。

文章主旨。

对梦想要执著,但是当一条路行不通时,可以给梦想调个方向。

世界是一个大舞台,当梦想受阻时,勇于退回、给梦想调个方向,这也是一种睿智和成功。奥黛丽·赫本原本的梦想是芭蕾舞演员,并为此付出了巨大的努力,可在注定只能做配角的情况下,她选择了回头,踏上了另一条路。而恰恰是这条道路,使她走向了成功和荣耀。

紧扣文题,深化文章主旨。

其实我们每个人都是这样,渴望着自己被接受和关注,幻想着自己能成为别人故事里的主角,可是转了一圈才发现,自己一直在原地踏步。既然如此,何不给梦想调个方向,尽力让自己散发出属于自己灿烂的光芒,活出自我,谱写自己的华美乐章,这就是一种明智和超越。

文章首先写她不出众的外表,为后文舞蹈梦破灭作铺垫。

后写她对舞蹈梦想的执著,与后文她在舞蹈梦想破灭后表现出的不卑不亢作对比,突出了她的坚强。

再后来又写她舞蹈梦想破灭后,经导师推荐去演电影,"开始导演都没在意她"与后文"她迅速蹿红起来"对比,说明这其中她肯定做了不少努力。

通过故事点名主题:世界是一个大舞台,当梦想受阻时,勇于退回、给梦想调个方向,这也是一种睿智和成功。

文章语言平实,结尾点题。一环扣一环,引人入胜。

结尾揭示了"她"的身份——奥黛丽·赫本,让人震惊之余有深刻感悟。

姜鑫昌 ◎ 评

=== **知识链接** ===

布鲁塞尔是欧洲有名的旅游城市,素有"小巴黎"之美誉。城中有众多的名胜古迹和博物馆,城外有茂密的森林、波光潋滟的小湖和碧草如茵的草地。其中给游人印象最深的是布鲁塞尔的"三大件":第一公民小于廉、原子球塔和滑铁卢古战场。

奥黛丽·赫本(1929.5.4—1993.1.20),著名影星,奥斯卡影后,世人敬仰她为"人间天使"。身为好莱坞最著名的女星之一,她以高雅的气质与有品味的穿着著称。1999年,她被美国电影学会选为百年来最伟大的女演员第3名。赫本晚年投身于慈善事业,是联合国儿童基金会亲善大使的代表,1992年被授予"总统自由勋章"。作为亲善大使,她不时举办一些音乐会和募捐慰问活动,造访一些贫穷地区的儿童,足迹遍及亚非拉许多国家。

写作技法积累

夸张及其特点

(1) 夸张是为了表达强烈的感情或给听者、读者留下鲜明深刻的印象,故意扩大或者缩小事物的形象、数量、特征、作用等的一种修辞方式。

(2) 夸张的特点:夸张的基础是真实,引起读者丰富的想象和主观的感受。

(3) 夸张的作用:①突出事物的某个特征,或揭示事物的本质,给听者、读者留下鲜明、深刻的印象;②表达强烈的感情,用以讽刺或歌颂,感染听者或读者;③可引起读者的联想、深思和共鸣。

言过其实叫夸张,表达感情非寻常,夸张词句表事物,突出特征更加强,夸而有度特别妙,增添文采助想象,夸而无度成狂言,信手败笔损文章。

文／李红都

等你回家

开头采用了开门见山的手法，交待了时间、地点、人物、事件。并用"柳树"做意象渲染温馨气氛。一个"等"字扣住了文题，引出了下文。

男人和女人在同一个公司上班，他在车间当调度，她在科室做统计。每天下班，他推着自行车到她办公楼下等。她的同事看到了，招呼他上楼。他笑笑，婉谢了别人的好意，静静地站在楼前的柳树下等着。

她下楼来，问："等了很久吗？"

两句简短的对话却有着深深的情意。

他笑："刚到，你就下来了。"

男人的大度、包容让女人幸福。

她松了口气，回他个嫣然的笑脸，坐上他的车后座。他载起她，快乐的铃声一路响叮当。

运用比喻修辞写出了女人的幸福，写出了他们爱情的和睦。

办公楼前的杨柳绿了又枯，枯了又绿。男人每天载着女人一起回家成了众人眼中一道永恒的风景。她在他的呵护下，如温室里一朵娇艳欲滴的玫瑰，幸福的花期出奇地长。

孩子出生后，他们用所有的积蓄买了套二手的小居室。虽然不大，但总算有了自己的房产。原房主是他的表姐，因为要买大房子，把小房屋卖了凑钱。

他把六万元给了表姐，想尽快办理过房产的手续。表姐却推说正忙着，过段时间再办理。

转折。

这里暗示了下面的事情，一拖再拖体现表姐的不守信，也同样体现了男人的心地善良，为人大度。"半年"写出了时间之久，引出下文。

毕竟是亲戚，忠厚的他也不好意思催。等了半年，表姐下岗了，到外面给人打工，很少有休息的时间，这事便又拖了下来。女人催男人，怕节外生枝。男人笑着哄媳妇："她是咱姐，还会赖账啊？"

几年后，女人担心的事终于发生了。表姐拿着六万元还给他们，说房子从来没打算卖给他们，只是让他们暂住着，希望他们早些买个大房子搬出去……

男人对亲戚无原则的忍让令女人愤怒，房价今非昔比，用六万元到哪里去买一套房？而他们目前所有的积蓄仅够在这个房价飞涨的城市买下一个卫生间。

一向温顺的她和他爆发了结婚以来最激烈的争吵。因为一句过激的气话，他失手打了她。她捂着火辣辣的腮帮，满眼的幽怨。男人手哆嗦了半天，一拳砸在墙壁上，血顺着洁白的墙面淌了下来……

那个寒冷的冬天，飘着如丝雨般的碎雪，像女人细密的眼泪。男人的愧疚，挽不回女人伤透了的心。女人带着孩子租房独住。

晚上，女人疲惫地靠在床上喘息，孩子哭闹着要找爸爸。男人曾经对自己的好与那天打她的情景交织着浮现在女人脑海里，女人泪眼婆娑，搂过孩子相拥而泣……

春阳融化了冬的寒冰，办公楼前的柳枝又吐出新翠，可女人的心却走不出冬天的严寒。

那天下班，她匆匆飞奔下楼准备去接孩子，忽然听到有人喊她，扭头看去，是他。

他推着那辆她已坐过无数次的载重自行车站在柳树下，他的头发被初春的风吹得像一堆茅草，不过两个月，白发已明显增多，不到四十岁的人，倒像经历了半个世纪的沧桑。

"你来干什么？"她冷眼看着他。

"……我等你回家。"他很费劲地说出这句话，已是满眼潮湿，"你瘦多了。"

"我们没有任何关系了。"她的泪在眼眶里打转，却硬着心肠把话说绝。她骑上电动车去接孩子，把他远远地抛在后面。

一连几天都如此。他守在柳树下等她，她却总是硬着心肠绕开他，骑上电动车决绝而去。

那天，下起了淅淅沥沥的春雨，早春的雨夹着寒

转折，女人预料的事发生，为下文的争吵作了铺垫。

面临现实严峻考验。

细节描写细腻，交待悲剧的发生，爱恨交织，充满无奈情绪。

借景抒情，一切景语皆情语，反映人物的心理。

用季节的变换暗喻女人伤心至深。

运用比喻、夸张修辞表现男人的憔悴。

一个省略号包含了男人内心的不安以及对女人回家抱有的无限希望。

细节描写细腻传神。表明女人的坚持和男人的执著。

气从办公室的窗缝里渗了进来，她下意识地裹紧了衣服。临近下班，她鬼使神差地往窗外看去，柳树下的他打一把伞仰着脸往这边张望。她触电般地躲到窗帘后，心里却涌出一股暖流。又想起往日他等她一同回家的温馨……

以景喻人，以景喻心。反映女人矛盾心理。

泪如清泉，从心底涌出。泪眼婆娑中再向外望去，他显然已看到她了，扔下伞从口袋里掏出一个条幅，双手拉开——"我在等你回家！！！"

三个感叹号像三把鼓槌敲响了她的心曲，全是关于他等她的甜蜜回忆。

男人的做法令女人很感动。

戴着老花镜的主任从表格堆里转过头来奇怪地看着她，忍不住走近窗口往下看。

待她回过身来，已被领导和工友们包围了："还不快下楼去抱抱你的他！"

男人不屈的毅力令女人感动。

她半推半就地让工友们拉着下了楼。在工友们善意的笑声中，她的脸变成了三月的桃花。

"跟你回哪儿？房子都没有了，家在哪里？"

比喻的修辞生动形象地写出了女人内心的幸福感受。

他把她拉进伞下，声音如春风般地轻柔："有爱的地方，就会有家……"

男人的话短小却包含着深意。

春风过处，柳枝飞舞。他终于等回了她。而她才发现，她其实也一直在等这一天。因为，她对他的爱，也从未走远。

结尾点明中心，深化主题，体现了男人与女人之间那最真的爱，即使困难相隔，但心依旧还在。最后的"等"字照应文题，收束全文。

通过最初两人的相知相识，到因房子产生意见分歧，两个人吵架分离，最终真爱战胜了一切，男人用他的坚持和执著打动女人，真心相爱的两人最终和好如初，等来爱的春天。

全文通过人物对话、动作、心理、环境几个方面的细腻描写借景抒情，生动形象地写出了夫妻二人之间的感情历程。

那本属于他们的幸福，因为他们的努力与共存相依而生枝发芽。

杨叶晴 ◎ 评

=== **知识链接** ===

杯子寂寞，被人倒进了开水，滚烫的感觉，杯子想这就是恋爱的感觉。水变温了，杯子很舒服，想这就是生活的感觉。水变凉了，杯子害怕，也许这就是失去的感觉。水变得彻底的凉，杯子很难受，想把水倒出，水终于被倒掉。杯子很舒服，但杯子也掉在地上摔成一片一片的。杯子发现每一片上都有水留下的痕迹，它知道心里还爱着水，它想完整地再爱一次水，却不可能了。难道只有失去才懂得珍惜，只有一切过去才知道幸福，它明白了要好好珍惜现在拥有的。

给生活一张漂亮的脸

美国作家欧·亨利在他的小说《最后一片叶子》里讲了个故事：病房里，一个生命垂危的病人从房间里看见窗外的一棵树，叶子在秋风中一片片地掉落下来。病人望着眼前的萧萧落叶，身体也随之每况愈下，一天不如一天。她说："当树叶全部掉光时，我也就要死了。"一位老画家得知后，用彩笔画了一片叶脉青翠的树叶挂在树枝上。最后一片叶子始终没掉下来。只因为生命中的这片绿，病人竟奇迹般地活了下来。

文／三　丫

恪守善良

孩提时代，我和几个小伙伴见到有拉板车的吃力地上桥坡，就争先恐后地给帮忙推一把；见到有讨饭的，也急忙给他们拿馍、拿熟地瓜什么的。记得有一年冬天，我村来了一位讨饭的中年妇女，怀里还抱着个尚不会跑路的孩子。到了夜里，娘俩住在了生产队的园屋（夏天看菜园的屋子）里。我们几个小伙伴在捉迷藏的时候，看到娘俩冻得哆哆嗦嗦的样子，就分头行动起来，有的回家拿火柴，有的回家抱麦秸或稻草。当我们为娘俩生着火，看着娘俩不再寒冷时，脸上都挂着甜甜的笑，甚至都忘了回家。当大人们好不容易找到我们时，都受了感动，有的回家拿来穿不着的棉衣，有的回家抱来用不着的被子……后来我才知道这叫善良。

前不久，在暴风雨中，在济南的大街上，我又看到一幕动人的情景：一个女中学生，为搀扶一位困在急流中的盲人，湿透了衣服、晚了课、丢了书包和蝴蝶结。当赶来的交警问她叫什么名字、在哪所学校时，她的双颊泛起两朵红霞，羞答答地走开了……这又是善良。

善良是心头的恻隐，善良是无私的关怀，善良是不求回报的施舍和援助。

但是，在现实生活中，善良有时也容易受到误会和伤害。我曾听说过这样一个故事：有一位司机在路

通过孩提时代帮助他人的事例，引出善良。

女学生的狼狈形象和做好事不留名，反衬其内心的纯洁、善良。

第一次对善良予以赞美，也是对上文的总结。

上遇到一个被车辆撞得昏迷过去的行人（肇事车辆已逃走），他果断地把伤者送到了医院，并掏钱为伤者挂号、抓药。可是，当伤者终于苏醒后，竟一口咬定肇事者就是这位司机……直到警方抓到了真正的肇事者，这位司机才洗清了因善良而遭受的不白之冤。当然，这只是个特殊的例子。

善良并非都有好报，为下文议论作铺垫。

在我们身边，"好心不得好报""人善被人欺，马善被人骑"的例子确实不少。因此，善良即便是人类最优秀的心性和品质，也需要面对意外的、邪恶的中伤和挑战，有时还要付出巨大的代价。也正因为如此，有良知的人们更应该保持内心的那份本真，恪守自己的那份善良。积极主动、义无返顾地与冷漠、与邪恶作顽强的抗争。

点明"恪守善良"的主旨，表达作者对善良的赞美和永存的希望与期盼。

任凭世间风云变幻，善良依然是人类的心灵之花，是生活的一抹粲笑，是天上的瑞云、地上的灵芝，是泊在心海的救生筏、嵌在心壁的珍珠……

再一次赞美善良的美，运用排比和比喻阐释善良之于人心的意义。

　　本文短小精悍，笔墨不多，却引人深思。虽然恪守有时候也不是一件容易的事情，但无论什么时候，都不能丢掉善良的本质。

　　人行天地间，最宝贵的就是善良，这是重于功成名就、显赫腾达的宝贵财富。善良是心头的恻隐，善良是无私的关怀，善良是不求回报的施舍和援助。

　　正如法国伟大作家雨果所言："善良是历史中稀有的珍珠，善良的人几乎优于伟大的人。"

陈潼◎评

=== **知识链接** ===

　　生产队，是指中国社会主义农业经济中的一种组织形式。在国营农场中，它是劳动组织的基本单位。在农村，它是劳动群众集体所有制的合作经济，实行独立核算、自负盈亏。生产队的土地等生产资料，归生产队集体所有。生产队在国家计划指导下，有权根据本队的实际情况因地制宜地编制生产计划，制定增产措施，指定经营管理方法；有权分配自己的产品和现金；在完成向国家交付任务的条件下，有权按国家的政策规定，处理和售出多余的农副产品。生产队作为一种组织，具体存在的时间为1958年至1984年。

攻守人生

其实人生本无所谓攻守，只要在努力中快乐，在快乐中坚持，在坚持中达到，在达到后还能回眸欣慰一笑，就是最大的圆满了。

文／瘦尽灯花

攻守人生

恺撒大帝说：我来，我看，我征服。

李白说：安能摧眉折腰事权贵，使我不得开心颜。

笛卡尔说：我思，故我在。

三位古人，用一个"我"字表达了人类的普遍处境——无论何时何地，人都必须思考一个问题：对人生应该采取什么姿势：进攻，还是坚守？

其实我们每个人刚上路的时候都像恺撒大帝，渴望一马平川，决胜千里，就像一艘满怀豪情壮志扬帆远航的巨轮，满载着种种美好愿望和品性驶向彼岸：理想、尊严、道义、责任、慈悯、友爱、真情，每一件都崭新、光亮，在太阳底下闪烁着熠熠的光芒。

可是山高滩险，浪大风急，不知不觉就开始减少负重。理想扔掉了，责任看淡了，义务能逃避则逃避，慈悯？我自己还吃不上饭呢！友爱成了空谈，真情又哭又喊，也给一脚踹进海洋。能扔的都扔了，尊严又值几毛钱一斤？强权压境，膝盖软一软正常，太正常。

就这样，负重小了，心大了，眼空了，我们的大轮船满载着车子、房子、票子安全靠岸了，什么都有了，可以欢呼胜利了。可是，"我"到哪里去了？

于是，为了守住真我，有人就不当恺撒大帝了，中途改辙，要做李白。弃官的陶渊明、平生不肯做官的王

引用了三位名人的话，代表着世人对人生的三种看法：一是进攻；二是不攻不守；三是坚守真我。引出了全文论点：对人生应该采取什么姿势，引起下文：进攻，还是坚守？

第一个论点：做如恺撒大帝一样的人，心中怀着无限的抱负，理想远大。用了比喻的修辞手法，将渴望胜利比作一艘满怀豪情壮志扬帆远航的巨轮，满载美好愿望。

写出了当人们将自己的雄心壮志实现了以后内心就会感到空虚。也就是作者说的"什么都有了，可我到哪里去了？"为下文写李白的保持真我作铺垫。

冕，还有不知道多少无名英雄，终老林泉溪壑。

从常人角度看，我们赢了，他们输了。

从做人的角度看，他们赢了，我们输了。

可是，从当代的成功学标准来说，我们和他们都输了。

我们输在不敢为了做真正的"我"，去挑战既定的社会法则。

他们输在虽然凭着一种"变态的自尊心"保住了自我，却又生不逢时，不得不作出非此即彼的选择。

其实现在，我们置身其中的世界还是宽容的，只要你守得，耐得，等得，做得，未必就不会鱼与熊掌兼得。

康洪雷，曾经在内蒙古电视台做场记，编外人员，四年没拿工资，八年进不了电视台编制。热爱导演这一行业，却熬到37岁才第一次独立执导《激情燃烧的岁月》。直到现在在北京仍旧买不起房子。在奋斗的过程中，许多朋友替他着急："你哪怕腾出手来干点别的呢，多赚点钱。"但是他说："拍戏是我唯一一件手上捧着的事情。两手称为捧，两只手都用上了，哪来的第三只手做别的。"这种一根筋走到底的劲头，颇像《士兵突击》里傻傻的许三多。

他以为所有人都会和自己一样，朝着既定目标百折不悔地前进，后来却发现很多人走上另一条路：为适应社会而放弃初衷，寻找所谓的"捷径"，为此甚至"教训"康洪雷："都什么年代了，你这样行吗？"康洪雷自问："这样不行吗？"

真的，这样不行吗？他现在是当之无愧的中国一线电视剧导演，《激情燃烧的岁月》已经让他一炮而红，由他执导的现代军旅大戏《士兵突击》更是红遍全中国，至今仍在一轮一轮反复热播。火了，热了，大卖了，得瑟了，所有人都交口称赞了，可是这个导演又接着远赴滇西，导他的电视剧《我的团长我的团》去了。他没有走捷径也成功了：既攻占了人生高地，又坚

常人的角度是指是否得到了利益，是否获得了荣华富贵。而从做人角度，他们保持真我，不与世俗同流合污，成了一个品德高尚的君子。

写出了作者的观点：既要有恺撒大帝的雄心壮志，又要有像李白、陶渊明一样保持真我、不贪图富贵的精神。所以，要做到有耐心，耐得住性子才能做一个真正的人，并且又可以得到两方面的好处，何乐而不为？

论据：康洪雷的奋斗过程。

这是作者的人生理念，也是康洪雷的人生观。"朝着既定目标百折不悔"是攻，也就是文题上所示的攻守人生的"攻"。

康洪雷的自问即是他的另一种人生观、价值观，那就是守。要在攻出一条大道以后，大踏步地在上面行走，同时又应该保持真我，做一个不与世俗同流合污的真正的君子。

守住了真正的自我。

昨天一个朋友来看我，曾经赫赫有名的大才子，如今经商发财。十年间他从一砖一瓦起家，如今盖起个高楼大厦，个性也变得华丽、圆滑。我问他还写不写东西，答曰早不写了。问他快乐不快乐，他说也快乐，也不快乐。所谓有得就必须要舍，但是舍掉的必然不是自己愿意舍掉的，所以午夜梦回，心里总有那么一块地方，空得难受，又毛毛草草。那里本来是应该开出一片花的，现在撂荒了。趁着而今"天良未泯"，还有感觉，那就尽情地说一说。等到哪一天一切初衷都已忘记，连"我"都丢掉的时候，想说也说不出来了。

听他讲话，宛似看一个悲哀的梦境，那张略带醉意的脸看得我莫名悲怆。在一场激烈攻占高地的战斗中，他成功了，而在沉默而无声的阵地坚守战中，他"挂"了。

其实人生本无所谓攻守，只要在努力中快乐，在快乐中坚持，在坚持中达到，在达到后还能回眸欣慰一笑，就是最大的圆满了。

没有捷径的成功：往往是这样的奋斗过程才有味道。照应了前面的"不见得鱼与熊掌不可兼得"一说。康洪雷正是这样的人：既攻占了人生高地，又坚守住了真正的自我。

将自己的朋友作为一个反面素材，突出了成功不仅要攻，还要守，突出文题"攻守人生"。

文章的文题叫作"攻守人生"。什么叫做人生？要怎么做才能成为一个被叫做君子的人？

一、要做到攻人生。"攻"并不像我们所理解的那样。不是要有伟大的志向，而是要在心中立下一个现实的目标，然后认真对待。

二、要做到守人生。"守"，并非像李白、陶渊明那样将自己封闭起来，称不与世俗同流合污，而是保持自我，不动摇，不退缩。

三、攻守人生。如果只做到攻，或只做到守，都还不够。齐头并进，做到"攻守"人生，即有攻有守，既要树立有益的目标，又要保持真我，不动摇。也就是作者说的"不见得鱼和熊掌不能兼得"，就如康洪雷一样。人生有攻有守，再加上努力，以后一定会有所成！

宋佳殷 ◎ 评

═══ **知识链接** ═══

李白 (701—762)，字太白，号青莲居士。中国唐朝诗人，有"诗仙"之称，是伟大的浪漫主义诗人。汉族，祖籍陇西郡成纪县 (今甘肃省平凉市静宁县南)，出生于蜀郡绵州昌隆县 (今四川省江油市青莲乡)，一说生于西域碎叶 (今吉尔吉斯斯坦托克马克)，逝于安徽当涂县，其墓在安徽当涂，四川江油、湖北安陆有纪念馆。

笛卡尔常作笛卡儿 (1596—1650)，法国著名的哲学家、科学家和数学家。还是西方现代哲学思想的奠基人，是近代唯物论的开拓者，提出了"普遍怀疑"的主张。他的哲学思想深深地影响了之后的几代欧洲人，开拓了所谓"欧陆理性主义"哲学发展的道路。

──────────── 写作技法积累 ────────────

对偶及其特点

(1) 对偶是两个短语或句子相对称地组织在一起表示相关或相对内容的一种修辞方式。

(2) 对偶的特点：字数相等、语法结构相同或相似。

(3) 对偶的作用：①具有形式美。②使内容更凝练、更集中。③与其他句式结合，使语言参差错落，生动活泼。

口诀：对偶对仗，结构一样，词性相同，字数相当，字句对称，节奏铿锵，朗朗上口，易记心上。

文／文 秀

没有一件事
是不幸运的

他原本是个播音员，然后在上世纪60年代被派去当美国南部一个城市的一家广播电台的制作经理。他却没想到，那里的加油站连各个加油台都将"白人专用"和"有色人种专用"分得清清楚楚，饭店、酒吧、旅馆、戏院、公车站，无不如此。

文章开头交代了事件的时间、主人公及背景，描绘了一个令主人公惊讶的带有"种族歧视"的不平等社会。

他应邀去当地的一个人家赴宴，冒冒失失地对有良好教养的男主人提出了自己的人权主义观点，结果这家男主人怒气冲天，勉强维持着彬彬有礼的笑容，说："我们待我们的黑老弟们真的很友善。"然后问旁边的黑人老仆："老汤，你说是不是？"黑人男仆也只好维持着良好的、训练有素的教养，悄声地说："这是个事实，老板，这是个事实。"然后悄然离开了房间。

通过对男主人的神态描写，生动而形象地写出了当时人的"种族观念"十分严重。

侧面描写黑人男仆，通过动作与语言描写，刻画了大多数黑奴的形象。从"只好""悄声""悄然"可看出被压迫、受剥削的黑奴的境遇，反映了黑暗的社会。

无法接受这样的"平等社会"。在心里大喊："请把我带离这里吧！"

可是他的工作如此专业，离开这儿能上哪儿呢？

幸运的是，很快他接到一个陌生人的来电，说他们的广播电台在找一位节目部主任，别人把他推荐过来，说他很能干，最后那个人犹豫地补充了一点："在我们这里工作的全部都是黑人。"

主人公第一件"幸运"的事件发生了，也为下文惨重的失败作铺垫，从而引出了下文的困苦。

他不在乎，他大喜过望。就好像从河的一岸游到了另一岸，两个世界有鲜明的界线，他在这里学到了别处无法学到的知见。

他很满意，希望一直干下去。可是好景不长，电台负责人不再让他当节目部的主任了，而让他去做一个推销广告的推销员。真烦！处处吃白眼！工作不再是享受，成了沉重的负担。他再一次想离开，可他再一次被现状绊住了腿。他结婚了，第一个孩子也快出生了，他需要钱。

人生跌宕起伏，当主人公一帆风顺时，却被调离，陷入困苦和窘迫之中，体现出苦恼无奈的心境。

他如此恼恨，以至于把自己关在车里猛捶方向盘，这次不是默默祈求，而是大声狂叫了："把我解救出来吧！"吓得一个路人拍拍他的车门，问他是不是把自己锁在里边了。他只好狼狈地硬挤出一个笑容给人家看。

第二天，闹钟响起，他愤怒地翻身要按停，一刹那后背剧痛，好像刀锋插入骨缝。医生上门送诊，说他的椎间盘压伤，要花两三个月的时间卧床。

雪上加霜，失落到了极点，体会不到一丝希望，也为下文获得巨大成就埋下了伏笔。

这下他几乎要大笑，虽然公司毫不留情地把他解雇，但是他却觉得如释重负。

当被解雇时，主人公并没有悲伤，反而如释重负，体现出之前工作给他的不是快乐，而是痛苦。

事实上，一个多月后，他有所好转了。他必须找一点事做来养家糊口。

他到一家日报社求见总编，说他需要工作，哪怕是擦地板、做工友都行。总编以前听过他的大名，如今一言不发，安静聆听，过了一会儿，才问："你会写文章吗？"

"我会的，先生。"他回答。

总编说："好吧，你到新闻编辑室负责撰写讣闻、教堂新闻和俱乐部公告——给你两周时间。"

在意想不到中获得了一份新工作，为下文成功磨炼作铺垫，隐含主人公欣喜之情。

于是，他又有了一份新工作，每天忙于写讣闻和教会新闻，修改由不同社团、剧团、俱乐部传来的新闻通讯。令人始料不及的是这份工作把他锻炼成了一个通才。一天早晨，他的桌子上出现一张便条纸，上面写道：请接受每周五十元的加薪——他终于成了一名正式的编辑。

"幸运"的事情总是始料不及，主人公抓住了这次机会，拥有了使自己人生摆脱低谷的一次转折，体现刻苦进取的顽强精神。

五个月后，他有了第一个真正的"任务"——采访郡政府，这表示不久他就可以在某篇文章的题目下署上自己的大名了。真令人兴奋！

　　从那时到现在，他的人生就像波浪一样在波峰和波谷间来回晃荡，有的时候看上去很倒霉，有的时候看上去很幸运，有的时候明明很幸运，却又很倒霉；有的时候明明很倒霉，却又很幸运，就像有一个了不起的辩证法在他的身上不停显现，或者说，他的生命本身就是一个不断转化的、辩证的具象。现在，这个人已经成了著名作家，他的书曾雄踞《纽约时报》畅销书排行榜两年半，迄今已经卖出1 200万本，被翻译成37种语言。他的大名印在扉页上，还有他单手托腮，戴着细框眼镜，双目炯炯，大胡子的照片。这套书叫《与神对话》，它像风暴一样席卷了世界，为全世界的人擦亮了双眼——他叫尼尔·唐纳·沃许（Neale Donald Walsch）。

　　你看，每一件事都是有用的。没有一件事是不幸运的，它们打造成一个个链环，然后联结起来，形成每个人的生命之链，凭靠着它们，你可以一步一步，凌峰越谷，走到自己一直想到的地方，那是灵魂的天堂。

> 运用比喻、排比的修辞方法，并没有浓墨重彩，却形象地写出人生的曲折跌宕，结果总令人意想不到。最终主人公凭借顽强的意志、乐观的精神取得了成功。

> 揭示"他"是尼尔·唐纳·沃许，使读者恍然大悟。

> 结尾采用议论，卒章显志，揭示中心：没有一件事是不幸运的，要抓住每一次机会去努力。照应文题。

　　本文通过写尼尔·唐纳·沃许在人生路上经历了曲折困苦，却还乐观顽强地抓住每一次机会，最终取得了伟大的成就来阐述主旨——"没有一件事是不幸运的"，即使坠入低谷，也可以在机会面前绝地反击。

　　一件件不幸运的事打造成了一个个链环联结起来，形成生命之链，凭靠着它们，一步一步，凌峰越谷，走到自己想要到的地方，到达灵魂的天堂。

　　把不幸当成人生的宝贵财富，懂得把握，乐观对待，就没有一件事是不幸运的。

阮禹霖 ◎ 评

━━━ **知识链接** ━━━

《与神对话》第一本书由神回答Neale许多个人的问题，包括解答所有生命中不顺遂的事情的原因，这些问题也是每个人的问题。第二本书讨论到全球性的事务，谈到包含性、金钱、权力、名声、教育及政治运作等事情。第三本书则讨论宇宙性的真理，解释灵魂从遗忘一切，进入物质世界的宇宙轮经历所有的事情再重新忆起为的是什么。并讨论了"高度进化生灵"的生活像什么等话题。

写作技法积累

排比及其特点

(1) 排比是三个或三个以上结构相同或相似、语气一致的短语、句子或段落成串地排列在一起。

(2) 排比的特点：构成排比的语句至少要三项、结构相似、语意上是相同或相关的。

(3) 排比的作用：①内容集中，增强气势；②条理清晰，阐发透彻；③结构整齐，节奏鲜明。

口诀：排比一大串，语气多连贯，结构相类似，意义相关联，条理更清晰，层层递进说，排比可记叙，议论加抒情，强调又深入，道尽满腹情，滔滔话语来，串串妙句出，增强文气势，感人动心扉。

文／诗 雨

打碎的梦
想怎么往回拼

　　周天幸是国内名牌大学油画系的博士生，作品被一家高规格的画廊相中，画廊特地为他举办了一次高规格的个展，一个不知名的富豪看上了他此次个展的全部作品，来了个一次性包圆儿，付酬高达百万……

　　站在自己的作品前，周天幸浑身上下似乎写满两个字：幸运。

　　读高中的时候，他凭借作画的特长被破格录取进一家高等美术学院，大学即将毕业，又因为作品在全国油画大赛中获一等奖而被顺利保研，读研究生的时候，大大小小的奖项更是源源不断，一路把他送进现在读博士的大学。

　　眼前，他正冲着闻讯前来采访的省报记者侃侃而谈，谈他从小失去父亲的凄凉，谈他一个人奋斗的艰辛，谈他的壮志和理想。

　　可是，三个月后，却有消息说，他当初能够考上大学，其实是有人帮他暗箱操作。他当初能够被保研，是因为有人为他买奖。那次辉煌无比的个展，那个包买了他的所有作品的家伙，不是别人，正是他的父亲。

　　他的心一点一点往下沉。

　　他的确不是孤儿，他的父亲的确是活着，死去的

　　从"不知名"三字中仿佛读出了别的意味，如果单纯是为了突出他的幸运，那又何必提及一句"不知名"。再联系到第一段末尾的省略号，仿佛这一切是那么充满玄机。

　　对周天幸的"幸运"经历的解读。从"源源不断"中可以看出这些幸运一帆风顺地降临到他的头上。

　　一个"可是"，有种"山雨欲来风满楼"的感觉，再联系到开头"不知名的富豪"和种种"幸运"，使文章富含悬念，带动读者情绪。

　　"他的心一点一点往下沉"，心理刻画得非常形象。

不过是他的养父，而那个没等他出生便抛弃了他母亲的男人，如今是一家财团的老总，他才是他真正的父亲。

待他如亲生的养父贫病离世，此后他和母亲相依为命；就在母亲被他的亲生父亲接走后不久，他也拿到了大学录取通知书，此后，似乎上天对他特意补偿，他品尝到了学海旅程的一帆风顺，和一路锦绣。

想不到全揽了假。

"想不到全揽了假"这是对前几段叙述的总结。

他打电话去问妈妈，妈妈在那边哭："你爸爸也是为了补偿你，才偷偷帮你一把，替你买过两三回奖，这回买你的画，也是他办的……"

从此，有他参加的展会，他的作品都被剔除出列；有他参加的比赛，组委会都发出他的名次作废的声明，美协在他面前关上大门，他甚至都没有从头来过的机会。

这句话也正是文题所说：梦想打碎了。

他无暇追问谁在背后翻云覆雨，世间种种险恶，总有人在暗处看着你的风光铁青了脸。他此时最感激的是他的师友和同学们，一个个因为为自己出头辩解惹上一身腥。

他的导师为此大病一场，躺在病床上，看着他，摸摸他的脑袋，无奈地说："你该怎么办……"旁边的小师弟也一脸黯然。

"有人在暗处看着你的风光铁青了脸"，再次设下悬念，从导师与同学为他的辩解中可以看出，他的殊荣并非都是虚得。

导师对小师弟说："你勤恳，性子也稳，总有一天会出息，到时别忘了提携提携你师兄……"

用老师的话暗示下文，预示未来。

广西十万大山里有一个不知名的小山村，小山村里有一所破败的小学校，这所学校只有一个老师，是从很远很远的地方来的大学生。

大学生哦！多么神奇！

而且这个老师还会画画，更神奇！

仿佛又是一个新故事的开始。

有一回，孩子们趁老师望着远方发呆的时候，偷偷溜进他的宿舍，里面有一个简陋的画架，画架上蒙着画布，画布上画了一朵小白花，单薄得近乎透明，风雨似乎穿透幕布而来，那朵可怜的小白花似乎可以看得见花茎的弯折和花瓣的翻转。可是奇怪得很,这样的风雨如晦,小花的根却牢牢地扒进岩石的缝隙里面,安如山。

那个画画的人、教书的人、望着远方发呆的人,就是周天幸。

白花,象征他自己是清白的,而风雨则指他之前所遇到的种种挫折。周天幸虽然遇到了种种困难,但他却如他所画的那朵小花一样,"根却牢牢地扒进岩石的缝隙里面"。

五年后,周天幸支教结束,背着数年创作的厚厚一摞作品返回北京。迎接他的,是他的导师、同学和师弟——如导师预言,师弟宏图大展,已经是美协的副会长了。

他已经从飞扬跳脱,变得气色沉稳。以前他从没有耐心面对同一幅作品修改三次以上,现在,一幅作品摆在面前,为了能够尽善尽美,哪怕改一百次他都肯。

从中可以看出他为了拼回梦想,付出了巨大的努力。

在师弟的多方斡旋下,周天幸终于从拒绝评奖的黑名单上除名。一次次获奖都是十足的真金;一幅幅的画作进入一家家展厅。

这次挫折对周天幸来说虽然很大,但并没有使他倒下,从挫折中爬起,周天幸更加沉稳了。

打碎的梦想该怎么往回拼?

每一个人在成长的路上,都会有自己的梦想,在追逐自己的梦想时,总会遇到各种各样的困难。这些困难,也许只是一道门坎,只需要我们勇敢向前,迈出一步便可以克服。但有些困难就像是一个精致的玻璃花瓶被打碎,面对满地的碎片,我们无从下手。就像这篇文章中的周天幸,上天与他开了一个玩笑,但谁曾想这个玩笑开得这么大?

世间种种险恶,总有人在暗处看着你的风光铁青了脸。

如果成功来得太容易,你学不会珍惜。如果人生过得太顺利,你不会懂得包容。谁能说不是困难和挫折造就了他?

面对满地梦想的碎片,我们应该怎么办?

也许这篇文章已经给了我们答案。

是的,纵使困难摆在我们面前,几乎无法克服,我们也不要抱怨,因为抱怨根本解决不了任何问题,那么,我们应该怎样做?

耐心地将每一片碎片毫无怨言地平静地拾起，然后再将它们一片一片地粘起来，也许需要一年，也许需要五年，也许需要更长的时间……只要梦想还在，只要你有一颗坚韧不拔的心。

　　如果拥有这些，还惧怕何种风雨？

　　周天宇是一个令人敬佩的人。

　　那么，你呢？

黄鑫鑫 ◎ 评

知识链接

　　油画 (an oil painting; a painting in oils) 是以用快干性的植物油 (亚麻仁油、罂粟油、核桃油等) 调和颜料，在画布、亚麻布，纸板或木板上进行制作的一个画种。作画时使用的稀释剂为挥发性的松节油或干性的亚麻仁油等。画面所附着的颜料有较强的硬度，当画面干燥后，能长期保持光泽。凭借颜料的遮盖力和透明性能较充分地表现描绘对象，色彩丰富，立体质感强。油画是西洋画的主要画种之一。

文／北方云飞

沉下去 浮上来

那年，为了能够照顾到儿子的生活和学习，我放弃了优厚的待遇和积累了多年的人脉关系，离开了那家工作了十五年的公司，回到原来生活的小城。

生活转变，直入主题。

原以为凭借自己的工作经验和专业，很快就能找到适合自己的工作。但是，三个月过去了，我一无所获。我的情绪非常低落。

一天，我又到一家小公司面试。面试我的是这家公司副总，年龄还不如我大，但非常严肃和冷漠。他看过我的简历，冷冷地说："你年龄偏大，我们公司人力资源经理这个职位已有合适的人选了。"他顿了一下又说："你愿不愿意在办公室干一般性工作？"

极力写找工作之难，表达"虎落平阳被犬欺"的无奈，简单、生动地写出了在求职中遭受的不尊重。

我想掉头就走，但一想到找工作之艰辛，我点点头算是答应了。

对自己的新工作并不满意。

上班开始，我发现公司年轻人居多。环顾一圈，"奔四"这个年龄，除了老总就我一个人。和他们交流、沟通起来，很是困难。最主要的是我也不愿意主动和他们交流。

作者从心理上认为，自己的年龄与职位不匹配，地位很尴尬。

表现出作者对同事关于年龄问题的议论非常在意。

"你看，我们公司招这么大年龄的一个人来，不知他有什么能耐？"一天，我听到办公室的同事在议论我。他们明明看见我了，但装作没看见继续议论着。我知道他们故意说给我听，羞辱我吧。

我本想发火，但一想，哪里的新人入职可能都这样吧。我就当没听见一样,继续做自己的事。之后,这些同事好像故意和我过不去,专门找一些工作给我做,比如让我给他们去楼下复印一些资料,去其他公司送文件,甚至让我给他们倒水。说话也盛气凌人,一点不讲究说话的方式方法。我虽然强压怒火,但是脸色却不好看。

回到家,才是我开心的时刻。我忙着给儿子做饭、倒水、洗澡。儿子说:"爸,你做那么多事累不累?"我笑呵呵地说:"不累。"是的,围绕着儿子所做的事,永远不感觉到累。为什么在办公室那么累呢?我突然有所感悟:在办公室感觉到累,关键就是不能用平常心去接受一些事物,去做一些事情;又顾忌太多,放不下脸面。其实,年轻人有年轻人的优势,不必去嫉妒,就像自己也年轻过,也一样神气、自负;当然,年龄大有年龄大的好处,不必自卑,就像自己当年一样,遇到困难和挫折,很喜欢问那些年长的同事,羡慕他们待人处世游刃有余。我豁然开朗。

每天上班,我不再计较同事让我做这做那,更多的是笑呵呵地主动去做。做完了,还会问一声:"谁还有事让我帮忙啊?"每天早到半小时,把饮水机的水提前烧开,在每位同事到来前,先倒上一杯热腾腾的开水;每个同事来到,总听到我的问候;同事不愿做的事,我去做;同事不愿加班的工作,我来⋯⋯半个月下来,同事们都大眼瞪小眼。他们奇怪,怎么没把我气跑,反而变了一个样?

就这样,大家渐渐接受了我。

一天,副总叫我去他办公室一趟。

"老倪,恭喜你!今天我正式任命你为公司人力资源部经理。"副总笑呵呵地对我说,一改往日冰冷的面孔。

"公司这个职位不是已经有合适的人选了吗?"我不解地问。

"其实,我们根本没有招聘人力资源经理。"副

两种心情相对比,同样是为他人做事,在工作中是强忍怒火,在家中却很开心,正是态度差异造成了自己的不快。

本文转折点,作者的心理描写,把生活中的经历上升到理论的高度,想通年老与年轻各有长处,用一颗平常心为别人服务,为下文的态度转变作铺垫。

化被动为主动。

热情的工作态度与良好的心态融化一切不愉快。

摆正心态,生活中没有永远的黑暗与绝对的北极。

总说："你来我们公司那天，我看过你的简历后，知道你在大公司做过，富有多年的人事管理经验，本想马上任命你为人力资源经理，可我当时看你心高气傲，所以，才让你去办公室先去体验体验，把浮躁去掉，沉下去做事。"

与开头相照应。

"哦，原来是这样啊。感谢副总用心良苦，更感谢同事故意制造的'障碍'，是他们的'轻视'，让我感到自己的重要；是他们的'懒惰'，留给我展示自己的机会。"我笑笑说。

作者此时的宠辱不惊与刚到公司时的敏感、斤斤计较形成鲜明对比。

"是的，职场上有很多人喜欢浮在上面，沉不下去；有的人沉下去了，却浮不上来。我们，就需要你这股韧劲！"副总赞赏地拍拍我的肩头鼓励我说。

沉下自己的心高气傲，浮上主动、热情和乐观。

职场，从来不是一帆风顺。"沉下去，浮上来！"我把这句话当做自己职场的座右铭！

职场小智慧，彰显大人生。读罢全文不禁为作者的气度暗暗喝彩。

被比自己年轻的同事排斥时，他并不是发火、反抗，而是想明各有长处，乐观向上地积极做事，不仅赢得了尊重，使自己被接纳，更收获了老总的认可。在被任命为人事经理时，他反而感谢那些侮辱过自己的同事。谦虚待人，平和处世。

自古成大器者，不拘小节。

齐翌迪 ◎ 评

知识链接

公元前496年，吴王阖闾派兵攻打越国，但被越国击败。两年后阖闾的儿子夫差率兵击败越国，越王勾践被押送到吴国做奴隶，勾践忍辱负重伺候吴王三年后，夫差才对他消除戒心并把他送回越国。其实勾践并没有放弃复仇之心，他表面上对吴王服从，但暗中训练精兵，强政励治并等待时机反击吴国。勾践害怕自己会贪图眼前的安逸，消磨报仇雪耻的意志，所以他为自己安排艰苦的生活环境。他晚上睡觉不用褥，只铺些柴草（古时叫薪），又在屋里挂了一只苦胆，他不时会尝尝苦胆的味道，为的就是不忘过去的耻辱。勾践为鼓励民众就和王后与人民一起参与劳动，在越人同心协力之下使越国强大起来，最后并找到时机，灭亡吴国。

文／薛 峰

上帝不会
轻视奋发的灵魂

题眼"奋发"，题目原指上帝不会让奋发者白白努力，深意是生活中奋发的人总是会得到回报，标新立异，引人注目。

作者将反问和排比结合，以强烈的语气突出了我们很难在如此艰苦的条件下获得成功，为下文写谢坤山伏笔，引人入胜。

设悬念，何为"生命应有的姿态"。

"撕心裂肺"表现出母亲绝望的心情，暗示谢坤山的肉体已完全残缺，成了"废人"。

"而已"侧面烘托出他乐观的态度，精准自然。

指他自己希望做什么，他就可以通过自己的努力去实现，以"力"来实现"愿"。

如果你只剩下一只眼睛，你会不会哭泣？如果你少了一条腿，你会不会悲伤？如果你失去了一双手，你会不会痛不欲生？如果你同时失去了一只眼睛、一条腿、一双手，你还活得下去吗？即使活了下来，你还能感觉快乐吗？相信没有谁能够对这段文字中的某一个诘问，作出很轻松的回答，而谢坤山却以一个生命应有的姿态给生活以漂亮的答卷。

1958年谢坤山出生于台湾省台东县一个贫苦家庭，16岁那年，在一家工厂做工时不小心触到高压电线，一阵火花四溅的爆响后，谢坤山成了一个火人，被人救下来后，四肢只剩下左腿稍微完好，医生告诉他的家人：必须立即进行截肢手术，截肢部位是左臂自肩膀处、右臂自肘处、右腿自膝盖处。在母亲撕心裂肺的痛哭与钢刀切割骨头的刺耳声中，谢坤山成了一个"废人"。

但他没有让自己废掉，健全人用双手完成的事情，他一样能够做到，"只是比别人付出更多而已"。没有双手，他就发明一套能够自己进食的用具，不能洗澡、如厕，他就自制工具，并运用自如，最终解决了自己的私密问题。他说，"愿"有多大，"力"就有多大。

解决了生活自理问题，谢坤山还面临着生存的难题，总不能一辈子靠家人供养吧，恰巧，电视上介绍了一家专门为残障者设立的绘画学习班，残障者可以免费在这里学习、食宿，谢坤山兴奋极了，"没有了手，我还有口啊"。此后，谢坤山以嘴握笔，以心当手走上了艰难的绘画之路。他一边画，一边将作品拿到路边去卖，既聊补生计，又激励自己。能够养活自己，谢坤山感觉无比骄傲和自豪。

从谢坤山的兴奋中，我们可以隐隐看到他的乐观、独立与自尊的生活态度。

"骄傲""自豪"来自他通过多年努力获得的成功。

然而，厄运并没有因为谢坤山的坚强而走开，24岁那年，正当他踌躇满怀、憧憬未来的时候，命运的魔手再次伸向了他。一次，妹妹在帮他撕扯装订不妥的书页时，用力过猛，手肘重重地击中了谢坤山的右眼，一种刀割般的刺痛狠狠地凿进了他的眼睛。这次意外，使得谢坤山的右眼视网膜剥离，这也意味着他的右眼永远失明。

一个"凿"字，生动地写出了痛的刻骨铭心，揭示出他的第二次厄运。

经历命运一次次的打击之后，谢坤山不但没有消沉，反而更加积极乐观地面对生活，一如既往地钟爱着自己的绘画艺术。一天，谢坤山在大街上作画出售时，遇到了一所中学的美术老师，被谢坤山的精神深深感动了，这位老师决定帮助谢坤山，她不但送来大量世界著名画家的画册，还帮助谢坤山学习绘画技巧。一段时间过后，谢坤山画技有了突飞猛进的提升。

承接上文，引起下文谢坤山勇敢面对后来的生活。是全文的转折。

在向艺术殿堂痴痴求索的时候，生活对谢坤山终于露出了嫣然一笑。一个偶然的机会，他拜师于台湾著名画家吴炫三门下，从此，更加精粹的艺术之门轰然洞开。然而，吴炫三对门徒要求近乎严酷，在这里的每一天对谢坤山来说都是一场生命的淬炼。因为是用嘴咬笔作画，他的口腔里总是旧伤未愈，又添新伤，平时每天有两三个伤口，严重时，伤口多达六七个。穿心的刺痛自不必说，让他无法容忍的是，嘴里流出的血常常沾染了他的纸张。

"生命的淬炼"突出了在吴老这里学画的艰苦，也突出了谢坤山在淬炼中不断地超越自我，精妙之锻。

暗示谢坤山不在乎自己的伤痛，他只在乎自己的艺术世界。

经过五年的砥砺,谢坤山终出师门,并成功举办了第一次个人画展,展出的十八幅初试啼声的作品全部被人买走收藏。此举在海内外引起轰动,各路媒体纷至沓来,美国《读者文摘》亚洲版记者专程赴台,对谢坤山进行历时两个多月的跟踪采访,并用19种语言向世界报道了他挑战生命极限的故事。

"挑战生命极限"呼应第一段的反问排比句,是世界对他的认可,对他的惊叹。

2002年,他的自传《我是谢坤山》一书繁体与简体版在台湾和内地相继出版后再次引起轰动并成为畅销书。吉尼斯世界纪录亚洲见证中心董事长戴胜益说,如果吉尼斯世界纪录有"全世界最令人尊敬的人"这一项目,我会恭敬地把这面奖牌颁给他——谢坤山。

引用董事长的话,突出了谢坤山这种勇敢的拼搏精神值得我们肯定。"恭敬"更是写出了对这样一个乐观有尊严的生命的尊重。

人生的本质决非享乐,而是苦难,是要在无情宇宙的一个小小角落里奏响生命的凯歌(周国平语)。上帝不会轻视任何一个奋发的灵魂,即使再大的苦难,也阻挡不了强者的灵魂欢畅起舞,上帝都看得见,都会给他成功的果实。所谓天道酬勤,就是这个道理。谢坤山的奋斗过程就是对苦难的征服史,征服伤痛与挫折,征服欲望与懦弱,征服命运的阻碍和他人的目光,征服人造的悬崖和自设的壁垒。这个世界上,所有的征服都难以仰仗别人,只有自己才是这场征程的主帅。无论个体的外在生命如何脆弱,只要拥有内在的生命力,就能超越一切苦难,让生命之花灿烂怒放。

"天若有情天亦老",生活是无情的,但是我们要有面对生活的勇气。

作者采用"上帝"这个载体,以"上帝不会轻视任何一个奋发的灵魂"说明奋发者必有回报,点明"天道酬勤"的主旨。

"对苦难的征服史",高度概括了谢坤山的一生,作者运用排比的手法,"征服……"强化气势,表现出搏击人生、征服人生的主旨。

点明中心,升华主题。

本文记叙了谢坤山"对苦难的征服"的一生,他在16岁被截肢,24岁失去了一只眼,正如作者开篇所说"相信没有谁能够对这段文字中的某一个诘问作出轻松的回答",可是他用"生命应有的姿态"——拼搏进取、乐观向上、顽强不息,让自己的生命之花怒放,让自己成为世界上最受人尊敬的人。

作者以"上帝不会轻视奋发的灵魂"为题,通过谢坤山的事迹,为我们揭示一个道理：只要有内在的生命力，就能超越一切苦难，让生命之花灿烂怒放。谢坤山的故事告诉我们"天道酬勤"。

读完此文，我不禁忆起食指的《相信未来》：当蜘蛛网无情地查封了我的炉台，当灰烬的余烟叹息着贫困的悲哀，我依然固执地平铺失望的灰烬，用美丽的雪花写下：相信未来。

虽然一个是贫穷的，一个是残疾的，但两者的精神都是"相信未来"。正是对美好未来的憧憬，才有他们向前的动力。谢坤山那"苦难的征服史"般的一生，正如"未来的创造者"的一生，他用自己的信念，自己的乐观，摘到了上帝手上的桂冠——与其说是上帝赠的，不如说是他自己用精神搭起来的天梯，从上帝手中抢来的。那是他和命运搏斗获得的奖赏。

生命的精神就应如作者所说，应是不断进取，不断征服，不断挑战自己的精神。没有人知道自己有多少潜能，拼搏的人会不断开发自己的潜能，去挑战自己的生命极限。这便是一个"生命应有的姿态"。

我们虽然还没有过多的磨难，但我们也要用这样的姿态去面对生活，这样，我们便会发现，生命其实也可以如此有激情、有欢乐。

成功之门早已打开，我已背上自己的生命姿态，你呢？

李浩石 ◎ 评

━━━ 知识链接 ━━━

个人画展，即展示其一个阶段所作，甚至展示倾毕生精力所作。画展是一件学术性很强的活动，其仪式不论多么隆重，都不应脱离"学术活动"的轨道。其目的是通过请人来品画，读画，评画，分享画家的成果，推动创作的进展。

跌倒是远行的力量

　　一个有经验的人才是智慧的人，一个不怕跌倒的人才是成熟的人。风生水起，才知天高云淡；沧海横流，方显英雄本色。失败让人进步，跌倒促人远行。

文／沽 酒

小女孩与野杏树

一株小小的野杏树，生长在穷乡僻壤的大田里，和煦的乡野风摇曳着它略显单薄的身躯，脚下的泥土绵软而踏实。在庄稼苗的簇拥下，它白天享受着温暖阳光的照拂，夜晚仰望满天璀璨的星光，心头洋溢着一份快乐与满足。它憧憬着自己的未来，将长成一棵高高大大的杏树，春来开一树粉艳艳的花儿，招得蜂飞蝶舞，喧闹非凡；盛夏挂满黄澄澄的甜杏，收获一片赞叹。这将是一种多么充实而又幸福的人生啊。

有一天，一股凌厉的风突袭而至，让它激灵灵打了个冷战。定睛一看，着实吓了一跳！那是一柄锄头，锃亮的利刃正在清除庄稼苗周遭的杂草，倘使刚才稍稍偏斜一点，它柔弱的身躯将惨遭不测。田主人犹豫不决地举着锄头，俯下身子对它行了个注目礼。倏然之间，他似乎改变了主意，转头朝远处喊了一声。

哗啦哗啦一阵响，跑来一位小女孩。她大约十来岁的样子，头上顶着一枚带蝴蝶结的漂亮发卡，却是个天生的拐腿子。她一眼瞅见野杏树，双眸亮成了两颗暗夜里的星子。只见她匍下身子，勾起手指开始扒拉杏树苗下的泥土。刚扒了两把又停了下来。因为她扒出来的泥土干巴巴的，丁点湿痕也没有，这样弄回去可保证不了成活。她轻哂一声：好好的一株野杏树，糟蹋了怪可惜的。女孩眼珠子骨碌一转，立刻有了主意。

形容词修辞，生动形象，给人们一种美感，在人们眼中悄然勾勒出一幅乡村风景图。

对春夏两季杏树的美丽赞叹不已，文章开头就感叹杏树的美好人生，与后文杏树结的酸杏作对比。

看似安逸而舒坦的生活其实"危机四伏"，困难无处不在。

女孩与杏树的相遇。

细致的动作描写，生动形象地体现小女孩内心的细腻，她怕干泥土无法供给杏树养分，使它成活，所以不畏辛苦地用嘴含水滴滴润湿，为后文杏树成活作铺垫。

她一拐一拐地跑到老远的河边，用嘴含了一大口水，缓缓地浇到它的根部，这样几次往返，根部周围的泥土成了湿润的一团。她双膝跪地，虔诚地挖了起来，松散的土屑扑扑地撒落开去，不一会儿就埋没了双膝。扬起的土屑落在庄稼叶子上，发出沙沙的声响。杏树苗的根部稍一显露，她便改变方向朝四周拓展，惟恐把树根弄断了。偶尔抬手抹一下额角，几星土屑就沾在了那里。她顾不上管这些，一心要把它移栽进自家院里，等杏树长高了，不就每年都有吃不完的甜杏了么？

哪知回到家，却挨了母亲一顿训斥：看你把它当宝贝了，这是一株野杏树，是人家吃完杏子扔下的杏核长出来的，就算将来结了杏儿，怕也是又酸又涩的，难吃得很哩！

真的吗？女孩哪里肯信，她争辩说，野杏树咋了？野杏树就一定结不出甜果子么？她用期待的目光打量着手里的树苗，暗想，看这棵野杏树苗多壮，说不定，这枚杏核儿是从一枚又大又甜的白杏中被啃出来的，它怎能结涩果子呢？她郑重其事地将杏树苗栽在院子一角，浇上水，期待着用事实证明母亲的判断是错的。

母亲并未深加阻拦，思忖片刻，又改换了口吻说："嗯，留着吧。难得你这么喜欢。"

转眼已过数年。院子里的杏树苗已蹿成了一株高高大大的杏树，当年的小女孩也出落成大姑娘了。这一年，粗壮的杏树枝条上终于挂满了青嘟嘟的果实，女孩一脸兴奋地望着、盼着，期待着收获季节的来临。可是数月之后她却失望了，树上的杏子依然是青嘟嘟的，还那么小。她摘了一枚放进嘴里一咬，果然是又酸又涩的，连忙呸呸地吐到地上。仿佛辜负了自己当初的救命之恩似的，她怅然嗔怪道："咋会这样呢？早知如此，还不如不把它移栽进家里来呢。"

"也许有一天，它会派上用场的。"身后传来母

女孩小心翼翼，惟恐伤害杏树，汗流浃背，仍不放弃。

母亲对杏树的态度：否定。母亲没有给予女孩的劳动成果以肯定。

女孩不相信母亲的话，她想用自己的实际行动证明果子又大又甜，而结果如何呢？这里是作者为下文设置的一个悬念。

也许母亲在怀孕时也喜欢吃这酸杏，想到女孩将来也有用得着的一天。

时光飞逝，转眼间母亲已经有些苍老，而褒贬不一的杏树也长大了，却结了些青涩的果子。

亲沧桑的声音。当年身姿挺拔的母亲见老了，背有些驼了，脸上的皱纹也增多了，成了一位白发苍苍的老太太。

果子如此酸涩，还能派啥用场呢？她打量了杏树一眼，疑惑地想。

又过了几年，她风风光光地出嫁了。来年开春，她发现自己怀孕了。当杏树上刚刚挂满青果的时候，她害口得很厉害，每天围着它一颠一颠地转圈子，馋杏树上的那些酸涩果子。老太太疼爱地望着她将一枚枚酸杏儿往嘴里送，一副吃不够的样子，打趣说："这会儿，该知道这株杏树的用途了吧？"

她仰起一双迷人的杏核眼，无言地望着杏树，报以羞赧一笑。

不光是她，附近各村害喜病的小媳妇们，都来这里够它的酸杏儿吃，老太太总是来者不拒。当年的野杏树变成了一株名副其实的"害喜树"。望着她们喜滋滋地享用酸杏儿的模样，老太太睁开一双昏花的眼睛，久久地打量着这株野杏树，当年小女孩执拗地非要在院子里栽植它的情景似乎仍历历在目。她欣慰地自言自语：任何事物活在世上，总有它存在的价值。甭说是一棵树了。

风儿吹过，满树杏叶"唰啦啦"一阵脆响。似乎它也很赞同老太太的观点，在为她的话鼓掌哩！

此处作者又设置悬念，扣人心弦，引起读者阅读兴趣。母亲为何对杏树的态度有如此大的转变呢？

这棵野杏树终于派上用场。

运用比喻的修辞手法，巧妙地把女孩的美丽、迷人体现出来。"无言""羞赧一笑"表达了女孩对杏树的喜爱、感激之情。

任何事物活在世上，总有它存在的价值，结尾深化主题，点明主旨，体现作者"天生我材必有用"的思想。

拟人的写法，体现杏树对老太太的支持与肯定。

《小女孩与野杏树》这篇文章言简意赅，语句生动凝练，素雅结尾蕴含哲理深刻，文章层层铺垫，设置悬念，引起读者的阅读兴趣。通过母亲、小女孩两人对杏树的态度和感情的变化，杏树的形象和周围环境的改变，体现主旨：任何事物活在世上，总有存在的价值。

从本文中，我们明白，也许自己目前的处境只是暂时的，工作中不被老板重用；

在学校里，成绩平平无人敬佩；在人生的道路，挫折无处不在，当你走过这个低谷，可能还会经历一番痛苦的磨难，但请坚信自己，是时机未到，而非自己一无是处。

让我们通过99%的汗水，乐观的心态，前进的步伐，证明自己：天生我材必有用。

杨文迪 ◎ 评

━━━ **知识链接** ━━━

俗语说"桃养人，杏伤人，李子树下埋死人"，为何说"杏伤人"？生活中的实践证明，杏的酸味使人"倒牙"，对牙齿不利，强酸味对钙质有破坏作用，对小儿骨骼发育有可能造成影响。一次食杏过多，还能引起邪火上延，使人流鼻血、生眼眵、烂口舌，还可能引起生疮长疖、拉肚子。"杏伤人"是实，不可多吃。水果毕竟是生活中的辅助品，当择其利而食之，适量而可。

文 / 马国福

对着麦子微笑

十三岁那年夏秋之交，家乡遭遇了一场几十年不遇的冰雹灾害。至今回想起那年的苦涩与艰难我仍记忆犹新。自然灾害刻在成长岁月的烙印历历在目，然而父亲面对灾害的从容态度和说过的那些话如同生长在坚硬岩石上的常青松一样挺拔在我的心灵深处。

那年七月初，田里的麦子快黄了，再过半个月时间就要收割。虽然不到收获季节，然而丰收在望的喜悦和期盼早早地流露在父辈们的脸上。树上的苹果、杏子即将成熟，过不了多久就可以摘了。地里的蔬菜郁郁葱葱，滋润着我们的生活。天有不测风云，就在我们掰着指头掐算收获的时节时，一场突如其来的雹灾袭击了村庄。那天午后，原本晴朗的天气突变，顷刻之间蚕豆大的冰雹倾盆而下，打在身上格外疼痛。冰雹打落了树上的果子，即便没有打落的，也被打烂，伤疤一个接着一个。麦子被拦腰折断，麦地里满目疮痍。地里绿油油的蔬菜被利箭一般的冰雹打出一个个洞，像美丽裙子上撕破的布条。

一年的希望在不到十五分钟的时间里化为乌有。大人们冒着暴雨，顶着冰雹在第一时间赶到麦地，眼睁睁看着麦杆一个个被大风刮倒，麦子一株株被拦腰折断。我跟着父亲赶到麦地，只见上了年纪的人双手捧着被折断的麦子，仰天大哭。有的人蹲在树底下

"记忆犹新"可见自然灾害的苦涩与艰难，使人无法忘怀。

运用比喻的修辞手法，写出父亲对我说过的话和他当时的从容淡定都深深影响着我，使我的印象深刻。

这里一片生机盎然的景象与下文一切都化为乌有的景象形成对比。

"突如其来""袭击"两个词生动地写出了冰雹来得没有预料，十分迅急而猛烈。

运用比喻的修辞手法，写出风雨过后菜地里、麦田里、果树上疮痍的景象。

一年的全部劳动都失去了结果，被残忍的冰雹毁掉。

"第一时间"赶到，甚至冒着强大的风雪，可见乡亲们对这麦子的重视。

乡亲们或悲痛或沮丧的神情与父亲的微笑和乐观截然相反，进行正反对比，突出文章主题。

父亲的这句话是对整篇文章主题的体现，也正是这种乐观向上，毫不畏惧困难的生活态度才促使父亲做出了下面的举动，也更加显示出了他与别人的不同。

再次进行对比，父亲的微笑中饱含了太多的意味，而长辈们却认为他是"另类"，这种对比更突显出父亲的生活态度与众不同。

文章中并没有写长辈们是如何焦虑，而是从侧面写长辈们脚下堆满了烟头，就此可以看出他们的烦闷、无奈、悲伤和痛心。

父亲意味深长，甚至带着微笑说了一段话，我们面对困难时不必选择逃离或是长久地哭泣，而是应该勇敢面对，面向将来，就一定离成功不远了。

抽着闷烟，满眼泪水。有的人用铁锹把地里积满的水引到水沟里。男女老少神情严峻而又悲伤，聚在田埂上诉说自家的惨重损失。

年少的我跟在大人们中间，苦涩写在他们脸上，无助的神情让人格外心痛。麦地里的父亲脸上看不到一丝悲伤，我知道，向来乐观的他从不把悲观失望表现在脸上。他只是用力握住铁锹，把水一锹一锹泼向田外，一锹比一锹用力。

原本丰收在望的景象一下子变得面目全非，我不由得流出年少的泪水。父亲放下手中的铁锹，无比慈爱地抚摸我的后脑勺。他说，别哭，庄稼不成年年种，我们受苦人没有悲观的权利。

我知道他是用爱的语言把内心的苦楚化为乐观的力量，让我们笑对一切。面对这惨痛的凄凉场面，有谁能够轻松起来呢？令人不解的是，父亲竟然当着那么多人的面，捧起一把折断的麦子微笑。他的微笑既从容、镇定、坦然，又意味深长。或许在那些长辈眼里，父亲的举动就是对土地的不恭，对自己辛勤劳动的一种淡漠和亵渎。拿今天的话来说父亲当时就是"另类"。我看看父亲微笑的脸，又看看那些长辈挂满泪水因为极度痛苦而一筹莫展的脸，两种不同的态度加剧了我对突如其来的灾害的怨恨。

长辈们脚下堆满了烟头。乌云渐渐散去，风停了，雨住了，太阳露出了本来的面目，一副处变不惊的样子。父亲抹去我脸上的泪痕，说："走，我们回家去。"回家的路上我不断重复让父亲计算今年的损失，父亲依旧带着笑容说了一句谚语：十日打猎九日空，一日赶上十日功。不要悲观，那里的土地不养人。即便今年颗粒无收，我们仍然要对着麦子微笑，毕竟粮仓里还有许多种子哩。

这些话，像一束穿透阴霾的阳光，折射着希望的曙光，让年少的我挥别苦涩的泪水。我猛然间感觉到因为父亲的乐观，我自己也变得坚强起来。这些话又像一片夹在石头缝里破土而出默默无闻地顶着重压的叶子，点亮了我们对美好生活的向往。

尽管那一年庄稼歉收，然而我们却收获了另一种麦子。那一年在城里工作的亲戚们的帮助下我们度过了难关。从那以后，在学习上我不再顽皮，放学后主动帮家人做一些力所能及的家务活。

第二年我家的庄稼有了前所未有的收成。我也开始长大，从一个村里人教育子女的反面教材成为同龄人中的榜样。

十多年过去了，我总喜欢从自己走过的道路中汲取写作的沙砾。我认为乡村贫瘠的泥土里埋藏着许多"金子"。我以乡土为支撑精神大厦的支柱，认认真真把它们砌成不断进取的台阶。在近三十岁的人生道路上，尽管我也曾经走过不少弯路，但是每当自己面对考验的时候，我总喜欢把父亲说过的那句话当作审视自己的镜子。

"即便今年颗粒无收，我们仍然要对着麦子微笑，毕竟粮仓里还有许多种子。"这句话我能够记一辈子。

现在，我家近五年没有种麦地了，但我仍对麦子念念不忘，对着麦子微笑的人敬佩有加。父母亲不再受苦，安享晚年。

运用比喻的修辞方法，写出父亲话语的力量，可以穿透心灵，直到达光明的彼岸。

风雨过后总有彩虹，第二年的收成与第一年的失望总是相对的，这也源于父亲的乐观和积极向上。

结尾作者写出了自己对这件事情的感受，并且将这种极好的人生态度汲取成为自己人生的方向标。

对父亲的敬佩不仅仅只是因为那一个动作，还有那种内在的人生态度和永远拥有希望的人生信条，结尾揭示哲理，运用比喻的手法。

这篇文章记叙了作者小时候的故事：作者十三岁那一年，家乡遭遇了一场几十年不遇的雹灾，大片的麦子与满树的果子，再过几个月就要收获，却被无情地打落，麦子被折落满地，果子被打得千疮百孔，满村的男女老少全都十分忧伤。作者随父亲来到麦地，看到乡亲们都在痛心地哭泣，丰收在望的景象一下子面目全非，不由得流出了悲伤的泪水。但作者十分乐观的父亲却只埋头干活，甚至还捧着被折断的麦子微笑。安慰他说："别哭，庄稼不成年年种，我们受苦人没有悲观的权利。"这句话是父亲乐观的关键，也是他的人生哲学。

本文是通过自己小时候的这件事，写出父亲乐观的人生哲学，并且告诉读者，不论有任何苦难出现在我们面前，我们都应勇敢面对，努力解决，不计较得失，只要抬起头看前方的路就足够。

虽然冰雹打坏了庄稼，但父亲却可以仍对麦子微笑，这是一种人生的启示，它告诉我们生活中常常会有阻挡我们前进的挫折与坎坷，人生的种种不幸都是每个人的"必修课"，所以我们必须学会去面对，去跨越沮丧与悲伤，把目光投向更远的将来。

只要我们还有将来，只要粮仓里还有种子，一切都可以重新来过。

丁田圆 ◎ 评

==== 知识链接 ====

麦子，单子叶植物，禾本科。一年生或二年生草本。茎秆中空，有节。叶长披针形。穗状花序称"麦穗"，小穗两侧扁平，有芒或无芒。颖果即麦粒。按播种期分冬小麦和春小麦。世界各地都有栽培。子粒主要制面粉，皮可作饲料，麦秆可用于编织等。

文／郁 娟

橘子酸 橘子甜

冬天的时候，母亲生病了，城里的一个亲戚拎着一兜橘子来看望。物质匮乏的年代，对于乡下的孩子而言，能吃到一颗水果糖就已经幸福得流蜜了，如果能吃到甜甜的橘子，那更无异于过一场盛大隆重的节日。

将近二十年过去了，我仍然记得那一幕。

亲戚走后，睡在床上的母亲让哥哥拿来那一兜橘子。我知道，她要给我们姊妹分橘子。人小心大，排行最小的我，贪婪地盯着那盘放在瓷碟子里的橘子，昏暗的灯光下，橘子光芒四射，引诱得我口水一阵阵在胃里翻江倒海。我是多么希望母亲把那最大的橘子给我啊。我用舌头舔着因为冬季的干燥而起皮的嘴唇，一会儿望着橘子，一会儿望着母亲，祈求的眼神如丝一样，越扯越长。

母亲慈爱地摸摸我的后脑勺，给了我一个很小的橘子。我小心翼翼地接过橘子，委屈的眼泪掉了下来，我是多么希望得到一个很大的橘子啊。我没有立即吃掉那个橘子，我想把它带到学校。晚上睡觉时我把橘子紧紧地攥在手心，舔着冰凉的橘子皮，不知不觉睡着了。

那时候上学很早，天还没有亮就要早早起床到学校。没有人给我们煮早饭，我们的早饭就是两个放在

开头第一段写出母亲生病亲戚拿来橘子的原因。同时为后文我偷拿橘子做了铺垫，侧面烘托出家境的贫穷。

独立成段。（过渡段）

写出"我"对于橘子的那种极致渴望。贪婪的内心下，即使灯光昏暗，也能察觉到自己所喜欢的东西光芒四射。

细节描写出"我"对于橘子的那种期待，恨不得马上尝到橘子的滋味。

为后文"大橘子酸，小橘子甜"做了铺垫，而"我"却不懂这其中的道理。

动词可看出"我"对橘子的珍爱，舍不得吃。

蒸笼里的馒头。厨房里的灯坏了，在黑暗中我将手伸进蒸笼，我摸到的不是柔软的馒头，而是一个冰凉的大橘子! 这让我无比欣喜，我想是母亲特意给我们留的带到学校吃的，我将手又伸到里边，摸到的是一个小橘子，再摸，是一个馒头。拿大橘子还是小橘子，我犹豫不决。在姊妹当中我的地位并不高，学习并不好，大橘子肯定是留给经常帮着干家务活、学习成绩特别好的姐姐吃的。内心的贪婪使我将大橘子装进书包。

在课堂上我无心听老师讲课，满脑子全是诱人的橘子的味道，我盼望着早点下课，心里默默数数，一秒、二秒，数到六十秒，又从一秒重新数到六十秒，周而复始，以此计算下课的时间。愣愣怔怔中那只橘子如同长上翅膀的燕子，飞向我空洞的胃部。

终于等到下课了，我迫不及待地拿出那个橘子，躲到无人的角落，像科学家从显微镜审视肉眼看不见的化学物质一样观察橘子。我想吃，但又舍不得吃，不敢吃。我怕回到家中挨母亲的斥责。味蕾上涌起一股股酸水，舌头如同一只钩子，恨不得一下子把那只橘子钩进嘴里。最终，我把那只橘子放进书包，带回家。又悄悄放到蒸笼里。

晚上，母亲把我们五个姊妹叫到跟前，她表扬姐姐，说她懂事，爱怜弟弟，把大橘子留给弟妹，而自己却舍不得吃。母亲的话还没说完，姐姐和哥哥把各自的橘子全部捧了出来，说："妈，你身体不好，还是留给你吃吧。"就那样他们把带有手心温度的橘子交给了母亲。

母亲把大橘子掰成几瓣，把很大的一瓣给了我，把其他的给了哥哥姐姐。我们分享着冬夜里的温暖和甜蜜，仿佛自己成了世界上最幸福的人。大橘子酸酸的，根本没有我所预想的那么甜。母亲看穿了我们的心思，又接连掰了几个小橘子，我只顾自己，接连吃了几瓣，果汁从嘴里流了出来，那个甜呐，仿佛渗到骨

表现出内心的欣喜，但摸到小橘子后内心又犹豫不决，最终内心的贪婪战胜了理智。

整段的心理描写引出了下文我对于大橘子充满了酸感，心虚地又放回了原处。

写出自己心虚和对橘子的味道的无法抵抗。

以比喻的修辞方法，写出橘子对"我"的无尽诱惑与后文"我只顾自己连吃了几瓣"相互呼应。

心理描写与动作描写相结合，充分体现出"我"的矛盾，想吃却不敢吃。但这次，理智战胜了贪婪。

与"我"的"行为"形成了鲜明的对比，姐姐们将橘子给生病的母亲，而之前"我"却偷拿大橘子。

写出了两种橘子带给"我"的不同感受。

引出了下文大橘子酸、小橘子甜的深刻哲理。

头里了。姐姐吃的很慢，她说：妈，你也吃吧，小橘子可甜了！等到盘子里的橘子只剩一瓣时，我才发现，母亲没有吃一点。昏暗的灯光下，我们姊妹为橘子到底是甜是酸而争得面红耳赤。妈妈说：别争了，好好念书，长大了你们天天有橘子吃，想吃多少，吃多少。

我暗暗发誓，努力学习，长大了考上大学，有了钱让全家人天天吃上又大又甜的橘子。

第二年姐姐考上了一所师范。三年后她有了工作，领到第一个月的工资后，她买了好多橘子。就在我们一家人围在一起吃橘子时，姐姐说："如果拿橘子来比喻人生，一种橘子大而酸，一种橘子小而甜。有的人拿到大的就抱怨酸，拿到甜的就抱怨小。还记得几年前我们吃橘子的情景吗？当时我拿到小橘子，我就庆幸它是甜的，拿到酸橘子就感谢它是大的。"

顿然间我明白了姐姐的用心。此后，我不再抱怨，也不再贪玩，我知道自己该干什么了。

现在，有了钱，可以随时吃到新鲜的橘子，但是我总吃不出多年前的味道。我不再迷恋橘子，但多年前的那盘橘子一直闪亮在我的心灵深处。我过着幸福安静的生活，用不懈的追求采撷着生命枝头上的"橘子"，不与他人争执，也不太在意得失。我只是默默地感激，格外地珍惜，正如姐姐说的：如果拿橘子来比喻人生，一种橘子大而酸，一种橘子小而甜。有的人拿到大的就抱怨酸，拿到甜的就抱怨小。拿到小橘子，我就庆幸它是甜的，拿到酸橘子就感谢它是大的。

橘子甜，橘子酸。酸里头裹着酸，酸里头流着甜……

写出了我并没有考虑母亲的感受，而是只顾自己。

为本文的主旨，深刻的哲理反衬了当年我不成熟的行为。

人要懂得满足，在一样东西有缺陷时，就一定还会有它完美的一面。

照应本文文题，升华文章主旨。

点 评

　　本文以橘子为线索，以"大橘子酸，小橘子甜"暗喻万事没有十全十美，主要在于一个人如何看待问题，从哪个角度考虑问题。满足的幸福感，来源于没有贪念的正确心态，来源于不抱怨生活中的缺欠。即如文中所说"拿到小橘子，庆幸它是甜的；拿到酸橘子，庆幸它是大的"。

　　在人生的道路上也是这样，不要要求得太过苛刻，否则将会适得其反。

王宗家 ◎ 评

知识链接

　　在中国的广东地区流行着新春佳节互赠橘子的风俗，这个风俗是与中华民族的文化紧密相连的。在民间，人们习惯上把"橘"字写成"桔"字，而"桔"字和"吉"字又很相近，新春时节民间用橘子相互馈赠以求吉利，希望在新的一年里大吉大利，小小的橘子也就成了人们的护身符。

文／河洛兰

跌倒是远行的力量

一个女孩因为失恋，选择了轻生；一个大学生因为找工作受挫，选择了自杀……唉，他们不仅辜负了操劳一生、双鬓花白的父母，也辜负了自己那最为宝贵的青春韶华。

一次伤害，一次挫折，天塌不下来，地也不会陷进去。面对挫折，自责与悔恨都没有用，应该做的是，仔细思考：为什么我被伤害了。只有吸取教训，才能让自己活得更精彩。

小时候，我很喜欢用小棍子拨弄蚂蚁，但不论弄翻多少次，它们总能顺势翻身，四周看看，然后调整方向，继续赶路。同样，我们也应该如此。跌倒是难免的。跌倒是痛苦的，是成长过程中必须付出的代价。它既是一种体验，也是一种探索。它可以让我们累积经验，锻炼意志，还可以体会人情世故，积蓄力量。

有的人虽然跌倒，但他得到了智慧，最终他成功了；有的人，在同一处能跌倒多次，无论吃多少堑都不长一智，最终他成为生活的悲观者。于是有人下了这么一个结论：男人善良，一辈子受穷，女人善良，一辈子被骗。其实，这究竟是善良使然，还是缺乏思考所致？显然是跌倒后缺乏思考才造成的。毛泽东当年反围剿时，得出这样一个胜利的法宝，打仗时靠团结，打仗后靠总结。奇美集团董事长许文龙也说过，

作者开篇举例，写出了某些人"跌倒"后的处事行为，引出论题。

写出"跌倒"后应该怎么做。

讲述了作者自己小时逗蚂蚁的经历，"然后调整方向"与上文中的"吸取教训"相互呼应，说明我们"跌倒"后总结经验，再不断向前行。

正反两方面的对比，说明人们仅仅"跌倒"是不够的，要善于总结，善于反思，只有这样，才能不在同一个地方摔倒，我们的思想才会得到质的飞越。

这句话是本段的主旨，说明"总结"的重要性，发人深省。

作者通过奥斯卡颁奖礼上的一次跌倒事件，一位女星被裙子绊倒并从容不迫地站起，发表了一段感人肺腑的获奖感言，来说明跌倒后应该在站起来的同时收获智慧，你的人生才能更加耀眼。

文章最后一段卒章显志，升华主旨，引用诗文，富有韵律感。

跌倒了不必急着站起来，四周找找看，有什么可以捡的，再站起来。跌倒了不可怕，可怕的是跌倒了不知道总结，继续在同样的地方，因同样的原因而跌倒。

有多少人因为跌倒，选择了放弃，选择了抱怨。其实，跌倒并不都是坏事。比如，在一次全球直播的奥斯卡颁奖典礼上，一位女演员准备上台领奖，谁知，一不小心，她被自己的晚礼服长裙绊着摔倒在舞台边上，全场一下子静默了，这可是从未发生过的事。但她平静地站起身，接过奖杯发表了如下的获奖感言："为了走到这个位置，实现我的梦想，我这一路走得艰辛坎坷，甚至不断跌跌撞撞。"机智、真诚的话语使她成为那个晚上最耀眼的明星。是的，每个人都难免跌倒，如果跌倒了，就不要再懊恼、后悔、自责了，那都于事无补，不如迅速而坚强地站立起来，同时别忘了收获你的智慧。

一个有经验的人才是智慧的人，一个不怕跌倒的人才是成熟的人。风生水起，才知天高云淡；沧海横流，方显英雄本色。失败让人进步，跌倒促人远行。

主题："跌倒"。

跌倒是痛苦的，是成长过程中必须付出的代价（累积经验，锻炼意志，体会人情世故，积蓄力量）。

跌倒并不可怕，可怕的是跌倒了不知道总结，继续在同样的地方，因同样的原因而跌倒。

跌倒之后，要迅速站起，同时别忘了收获智慧。

启示：文中不断出现的"跌倒"便是失败吧。人生难免会失败，关键在于你失败后的做法。不同的做法可能也会导致截然不同的结果。如果我们因短暂的失败而一蹶不振，那么成功难于登天。

我们要在失败后发现，找到自己失败的原因，将其总结，避免下次再犯相同或类似的错误。正如文中所说："跌倒并不可怕，可怕的是跌倒了不知道总结，继续在同样的地方，因同样的原因而跌倒。"

是的，我们需要的是进步，而有些心灵上的进步，正来自于一次一次的跌倒，美国著名总统林肯的前半生可以说是一个个巨大的悲剧构成的。亲人的离去，事业的不顺……这些如千斤大石般压在总统林肯心上，然而他却从未因此而放弃过，反而更加努力，总结自己失败的经验，以换取下一次的成功。

终于，他成功了，而这要归功于他不断的总结，从不对未来放弃希望的处事方式，引领着他在人生的道路上远航。

王鹤霖 ◎ 评

知识链接

张海迪自幼就严重高位截瘫，几次濒临死亡边缘，身体极其虚弱。可是20多年来，她学会了4门外语，翻译了16万多字的外文著作，获得了哲学硕士学位，并自学了针灸技术，为群众治病1万多人次，作出了巨大的贡献。与张海迪相比，我们这些身体健壮的人又应当做些什么呢？

文／吕保军

爱是一地细碎的阳光

这天，他正带领着学生参加市运动会呢，忽然学校领导焦急地打来电话，催他快速返回：你老婆出事了……当他急急赶回时，医院已下达了病危通知书：她除头皮外，浑身上下全部被烧伤，全身浮肿变黑，已无救活的可能。——原来，她到小伙房去做饭时，液化气罐漏了气，她一点火，浑身上下顿时被火焰包裹。一时找不着门，情急之中，她从伙房的小窗户上蹿了出来，随后昏迷过去。这场突如其来的火灾，让她命悬一线。

他悄悄拧了下大腿，才醒悟这并非一场噩梦。不知怎的，他脑海里当时一如幻灯片般反复闪回的，竟是她在斑驳树影下跳格子的娇美容貌。

他与她，在大学里相遇，因为有着共同的爱好和志向，颇感投缘的两人很快就确定了恋爱关系。有一次，她依偎在他的肩头说，你就像一抹温暖的阳光，每次看到你，再忧郁的心情也会变得晴朗。毕业后，他们一同被分配到偏远的乡镇中学当体育老师。婚后夫唱妇随，教学、训练就是他们美好的生活。虽然乡间学校待遇较低，但学校的体育成绩却有了很大突破，让夫妇俩很有成就感。

那是个初夏的午后，他们夫妇带着儿子去郊游，和煦的阳光在乡间土路上洒落一地斑驳的树影。她笑

开篇用了一个"焦急"烘托出开篇紧张气氛，暗示有事要发生。

当他赶到医院后，医生直接告知他妻子已无救活可能。

承上启下的过渡段，既推动情节发展，又使下文不显突兀。

交待了两人的恋爱过程。

运用比喻的修辞手法，生动形象地写出她对他的依赖。

得咯咯的，不断做着跳格子的游戏，逗引得3岁的儿子跌跌撞撞地追着喊妈妈。儿子稚嫩的叫声，让她的笑容更加舒展、柔美。穿透树冠的阳光，筛落一层美丽的光晕，笼罩在她发梢上、衣服上，让她全身洋溢着一种母性的光辉。紧随其后的他，陶醉般地痴痴望着，她那欢快的倩影如同拍摄的照片，永恒地定格在他的心目中。那一刻，他心底漾满了水一样的爱意，一如这穿透树丛的斑驳而细碎的光影，无处不在地照拂着她的身心。

运用细节描写，详细地写出她的美貌，写出他对她的感情之深。这片阳光的描写，恰好映衬了文题，那是充满爱的阳光。

　　难道一场无情的火灾，竟将一切过往与将来像烧掉一张照片似的全给毁了？不！他的倔脾气上来了，执意要转院。医生警告他说，在转院过程中烧伤病人痰涎不断产生，如果不能及时抽出，会窒息而死。他脑海里再次浮现她粲然的笑容，抹了下眼泪，他坚定地说，就算她死在求生的路上，也比眼睁睁看着她死强！

运用设问的句式，写出他的坚决和坚强。

此处是全文的高潮之一，歌颂了爱的执著，爱的伟大。

　　于是，转到了北京某大烧伤医院。院方一边安排手术，一边要他缴纳手术押金，第一次手术就需要10万元。10万元对于他，无疑是个天文数字。他返回来找同学，跑回老家求本家族的亲戚、邻居，出一个门又进一个门，他的嗓音都变得嘶哑，原本强健的双腿沉重颤抖，他感觉自己在和死神赛跑，快点跑啊，一定要在最短的时间内凑齐10万块钱，不然她就被死神带走了。筹借到的最大一笔钱是3万，其他有几千元的，也有三五百的。在当日天黑之前，他终于凑够了10万元，通过银行卡打到北京去，他随后赶来。手术做完了，她仍在危险中昏迷。主治医生说，还需要多次手术，每周一次。她所需的医疗费用仍是巨大的数字，第二次手术需近七万，第三次需近六万……他每周都要赶回家筹钱。他舍不得走，他怕她在自己不在的时间里离开人世，但他还是要走，因为在这个时刻，钱就是她的命！那个在斑驳树影里欢快地跳格子的倩影推着他走。

从"出一个门，又进一个门"看出他为了她不辞辛劳，只为了那份信守的爱情。

生动形象的动作和心理描写，描绘出他的借钱之苦，借钱之难。

这些天文数字改变了他的生活，他虽奔波于借钱中，但他并不后悔，意志无比坚强，他知道他在做什么。

当医生告诉他没有生还希望后，运用景物烘托他的心情。

此处心理活动描写，写出了他内心的决定。

几次手术下来，钱花到三十万的时候，发现她的血液已被感染，几无生还之望。非常同情他境遇的主治医生建议他不要治下去了，不然会人财两空。仿佛阴霾一下子遮住了整个晴空，那个斑驳树影下的情影骤然成了被不小心曝光了的废片。他哭了，哽咽着说，就算她死了，我们也不会对医院有半点怨言；如果她一定要死，那也一定得让她在希望中死！儿子要妈妈，老人要女儿，而我是她的丈夫，有一点希望也得救她！

医生被他的执著深深感动了，他们拿出一个大胆的方案，使用一种还在试验阶段的抗生素，全面杀死她身上的细菌，包括人体的有益菌，她能否抗过去，就是一个未知数了。然而奇迹出现了，她那颗异常健壮的心脏帮助了她，使她起死回生。这场灾祸，仿佛老天爷发下来的一张考卷，故意要考验他作为一个丈夫的责任。在短短三个月内，哪怕再难也决不放弃挽救她的生命，终于使她重获生机。她清醒的那天，见到他的第一句话是："我还能教学吗？"他流着泪安慰她："能！"她又问："治我的伤得花两三万吧？"在这个乡村女教师的心目中，两三万已是天文数字。他回答："没有，就一万多。"

把一场灾祸比作一场考卷，不仅把人物塑造得胸怀若谷，还表现出人物内心的坚强品质。

他为了不伤害她而编造了一个善意的谎言，这是充满爱的谎言。

无论妻子变成什么样子，在他心里永远是那个初夏午后，斑驳树影下跳格子的她。那个身影和笑容早已在他的记忆中定格成永恒。

他没有告诉她，自己前前后后多方筹借，已经欠下了几十万元的巨债！他怕一旦告诉了，会吓坏她。当她看到自己被截去了所有手指的手掌，竟然哇哇大哭："你为什么要救活我？还不如让我死了算了！"他紧紧搂抱着她，一遍一遍地安慰着："没事的，不管你成了什么样子，都是我最美的妻子！"在以后的岁月里，他不光要想办法还债，还要对她进行多方面的精心护理，使她的身心慢慢复原。他脑海里又浮现出那个初夏的午后，她在斑驳的树影下欢快地跳格子，那咯咯的笑声仍在耳畔回响，那娇美的容颜愈加清晰……

文章最后运用景物描写，生动形象地写出了那束阳光的重要，这才是爱的力量。

爱是阳光，仍在静静地淌泻，淌成了一抹永远的暖流。他暗暗发誓，要让那一地细碎的光影，融汇成一泓爱的温泉，为她疗伤！

文章几次提及阳光以及阳光下斑驳的树影。第一次是在妻子受伤后他的回忆中，妻子把他当作温暖的阳光。第二次是夫妇带着儿子去郊游，那一刻，他心底漾满水一样的爱意。第三次在妻子几无生还之望下，阴霾遮住了整个晴空。最后一次妻子起死回生后，在文章结尾，点明爱是阳光，淌成一抹永远的暖流。

　　文章以景喻情，以景托心。脉络清晰，主题明确。只要有爱，黑夜和阴霾总会过去，阳光普照。

　　我们看到的，是真爱的伟大无私和力量。

赵梓君 ◎ 评

===== 知识链接 =====

　　烧伤主要指热力、化学物质、电能、放射线等引起的皮肤、黏膜，甚至深部组织的损害，皮肤热力烧伤较为多见。据统计，每年因意外伤害的死亡人数，烧伤仅次于交通事故，排在第二位，而且在交通事故伤害中也有大量伤员合并烧伤。我国烧伤年发病率约为1.5%～2%，即每年约有2000万人遭受不同程度的烧伤，其中约5%的烧伤病人需要住院治疗。烧伤对健康的危害既包括生理上的，也包括心理上的。

漂亮地活着

　　她长长地吁出一口气，霎时感觉天也蓝来地也宽。怎能不令人快慰呢？来新加坡这么多年，总算一切有了头绪，不再那么茫然，有理想、有亲人、有朋友，她似乎已经站在了"幸福人生的开端"。回头想想以往的艰辛，仿佛一滴苦寒的朝露，已随渐升渐高的骄阳蒸腾散尽了。

文/吕保军

漂亮地活着

她一直用笨办法学英文，短短一篇理解问答，200多个字她要读两个小时。她真的很用功，早上起来，刷牙洗脸前先背15个生词；专门找有英文字幕的西片来看；把"快译通"用到脱色；她还强迫自己每两三天写一篇作文，不管是谁包括邻居，只要对方会英文，就请他们帮她看……

下决心学习英文，对于一点英文底子都没有的她来说，可不是件容易的事。刚开始上课时，夜校的老师直摇头，就你这样的水平，还怎么考O水准？她急得想哭，却没有打退堂鼓，依然咬牙坚持着。因为她忘不了刚来新加坡时的尴尬情景：因为不懂英文，她到邮局寄信时，好不容易排到跟前，异族的工作人员却不懂华语，叫她重新去排另一个柜台；再有就是无数次的迷路经验，在商场里干打转却找不到出口；四处辗转学化妆期间，她总觉得同事们不爱搭理自己，只要她一开口说话，人家就会流露出迷惘的眼神。这让自尊而敏感的她很是沮丧。

每天晚上，老公下班已经很累了，她还叫他帮自己改作文。当时她已怀有身孕，老公疼惜地劝她不行就算了吧，可她不愿意自己被漠视，被当作局外人对待，她更希望能像丈夫或他身边的朋友那样说一口流利的英语，与别人愉悦地交流、优雅地畅谈。况

俗话说得好"勤能补拙"，无论天姿如何差，勤奋与努力都能引领我们走向成功之路。

"先""专门""脱色""强迫"，这些词语都能够体现出她的用功程度，日复一日，她坚持下来了。

从这个情节能够看出她是一个有决心，有毅力的人。

独自在异乡生活，人生地不熟，语言又不通，作者首先交待背景，为后文她、顽强拼搏的情节作铺垫。

她的骨子里透着一股永不服输的倔强的精神。

她渴望美好、快乐的生活，心中始终有一份憧憬，并为之付出汗水。

她的内心是自信的、坚强的，所以不会轻易被打垮，坚持自己，保持真我，这是值得我们所有人学习的。

她的努力付出终于得到了回报。

景物描写渲染愉快的氛围，表达了"她"舒畅的心情。

运用了比喻的修辞手法，将艰辛与挫折比作"苦寒的朝露"，将成功比作"骄阳"，生动形象地写出了她来新加坡后人生的波澜起伏。

命运转折的篇章揭开，她命运的一波三折也造就了她独特的人格魅力。

且一旦攻读到受本地认可的O水准和A水准，也能找到一份稳定的工作。她不服输的劲头上来了，倔强地说，要做就做好，决不会放弃，我从来就不是个"青采"(闽南话，指随便、没有原则)的人。

她白天要去教中文补习班，只有到了晚上才有时间进行自修学习。八个月后，距离考试还有两个星期的时间，恰逢她要生第一胎。但她仍坚持去考，终于将这个连本地学生都喊怕的"理解与写作"考过关。接下来，她又付出更多的精力和辛苦，开始攻读A水准，前后共花费了两年时间，终于拿到了A水准文凭——对于完全没有在主流学校受过教育的她，能在不到三年的时间里考到两张文凭，的确令人刮目。有了新加坡的"通用"文凭，她很顺利地报考上国立教育学院，先在小学实习一年，就可以正式教书了。她长长地吁出一口气，霎时感觉天也蓝来地也宽。怎能不令人快慰呢? 来新加坡这么多年，总算一切有了头绪，不再那么茫然，有理想、有亲人、有朋友，她似乎已经站在了"幸福人生的开端"。回头想想以往的艰辛，仿佛一滴苦寒的朝露，已随渐升渐高的骄阳蒸腾散尽了。

这天，她和老公有事一起驾车出门。车子上了路，匀速地向前行驶着。她望望身边的老公又望望路旁的风景，心头荡漾着一股幸福的惬意感。岂料更大的灾难却在此时悄然而至，开车的老公看到一只蚊子飞了进来，便下意识地拿手去驱赶，竟导致车子失控，登时撞向灯柱后侧翻，把她压在下面，导致脊椎第四五节神经断裂，从颈项以下瘫痪。也就是说，她只有头可以动，头脑也清醒，但吃饭、穿衣、写字、大小便、翻身……之前所有理所当然的事情，全被这场不幸的车祸剥夺走了。

起初，她总是以泪洗面:自己还年轻，难道就这样在轮椅上度过后半生? 回想起当初职高毕业后，被称为"标准美女"的她，去家乡青岛的酒店当前台接待。在当时，这是个令人羡慕的工作，但眼界颇高的她却不甘于此，自认女中鹰者的她，幻想有一天能优雅地翱翔于更加广袤的苍穹，遂毅然来到新加坡学美容化妆。刚来新加坡那阵儿，真是难熬啊。因无英文基础惊觉自己被漠视，到咬紧牙关在三年内考获两张文凭，重重困难难以想象，都被她挺了过来。幸福眼看唾手可得，却在转瞬间化为了泡影！躺在病床上的她，暗自苦恼时，脑海里忽然浮现小时候在少年宫学习画画的情景，后来也曾学过用细棒控制键盘。她的精神猛地一震，仿佛终于找到了抒发情感的缺口，为了打发无聊的时间，她决定重新振作起来，选择再一次从零开始，学习用嘴作画。

　　她每天至少花三个小时坐在床上，把画架放得靠近脸。她用的是亚克力水彩，这比油画快干，味道不重，适合近距离作画。刚开始时嘴巴使不上劲，含着的笔会颤抖，把笔削太短，贴得太近又会变"斗鸡眼"，作画的面积也有限，含久了牙床酸痛，吃不下东西。但画画能让她忘记生活的不幸，抚平心灵的伤痛。她特别喜欢色彩明快的风景，画风景偏向写实，而且线条细腻，很难想象那是以嘴代手叼着笔画的。这让她慢慢地又建立起了信心。四年来，这位来自内地青岛，名叫张凯妮的女子，竟创作了100多幅画作，甚至拿到了国际口足画家协会的奖学金，连续三年每个月资助她一笔作画费。

　　重拾荒废的画笔，让她走出了一条坎坷艰难的拼搏之路。如今的她，时常受邀参加一些体障人士协会举办的"真情无障爱"义演，也经常会有一些著名艺人来家里跟她学作画。她依然很在意自己的外表，尽管美的寓意，在她的生命里有了更深层的内涵，但每次出门前或在家接待客人时，她仍要精心打扮，叫女佣帮她化妆，穿上得体的衣服，戴上时尚的饰物，她要让所有人看到，自己不仅长得漂亮，而且活得也很漂亮！这个坚韧的女人，用画笔又为自己赢取了与国际艺术界平等对话的权利！

　　将起初的生活态度与后来作对比，衬托出作者对她的赞美，体现出她命运的坎坷。

　　无论她经受了怎样的苦难，她的内心却是乐观的，并且她具有走出阴影的勇气，让人敬佩。

　　她的一生都在拼搏，在与命运作斗争，生活给予她的磨难并没有把她压垮，她反而在这种磨砺中越挫越勇。

　　她是美丽的，外表与心灵。

点 评

　　生活在于多姿多彩，而这些姿彩都是我们自己创造的。当苦难降临，要勇于承担和面对。

　　文中的她相貌出众，永不服输，她是现代成功女性的代表，一次次的挫折并没有把她打倒，她反而在这个过程中越挫越勇。虽然身体瘫痪了，但她却用画笔勾勒出了美好的生活。

　　有时，态度能够决定一切。挫折并不可怕，可怕的是遇到挫折后消极的态度，它有可能会断送你的未来。

　　"你的心决定你所看见的，我们都是自己命运的创造者。"苦难磨亮人生，它是一颗珍珠，经过蚌的磨砺而熠熠闪光。

　　人生就是一场修行，我们在适应生活的同时也要打造自己辉煌的人生价值！

权健欣 ◎ 评

知识链接

　　法国一个偏僻的小镇，据传有一个特别灵验的水泉，常会出现神迹，可以医治各种疾病。有一天，一个柱着拐杖，少了一条腿的退伍军人，一跛一跛地走过镇上的马路。旁边的镇民带着同情的口吻说："可怜的家伙，难道他要向上帝请求再有一条腿吗？"这一句话被退伍的军人听到了，他转过身对他们说："我不是要向上帝请求有一条新的腿，而是要请求他帮助我，教我没有一条腿后，也知道如何过日子。"

文/纪广洋

为自己喝彩

纪广磊和我同村同学同岁,可他从小就是个地地道道的苦孩子——在他不到一岁时,他的母亲溘然病逝;在他不到三岁时,他的奶奶就撒手人寰;在他刚上初中时,他的父亲又患了严重的腰肌劳损,差点儿瘫了……接二连三的不幸像魔鬼的影子一样尾随着他。

从我记事时起,他吃的穿的就明显地不如我们这些有爹有娘的孩子。可他在我的印象里是一个非常懂事、非常坚强又非常乐观的孩子,常常是自己给自己鼓劲儿、自己给自己找乐趣。我清楚地记着,在我们六岁那年的正月十五挑花灯的傍晚,没等天色完全黑下来,我就欢天喜地地挑着母亲为我早已买好的大花灯笼走上大街。我原以为可以抢个头筹,谁知,磊磊(广磊的乳名)已孤单单、但乐呵呵地站在大街的中央。不过,他的手中没挑灯笼,而是捧着一个用水萝卜头挖成的小油灯。小油灯里盛的不是蜡烛,而是磊磊在屠宰场捡拾的一些零零碎碎的肥猪肉……那天晚上,玩得最欢、笑得最甜、回家最晚的不是我,而是磊磊。当时因为都还小,没感觉出什么来,而今想起那一节,我的心里就酸楚楚的、眼里就热辣辣的。

而更令我难忘和感慨的是,在我和广磊一同考入初中(已不在本村,在乡中心校)之后的一次校庆晚会上——那时,几乎全校的同学们都知道了广磊的家

运用比喻的修辞,生动形象地写出纪广磊儿时的悲惨命运。为后文作强有力的铺垫。

虽然纪广磊在生活上遭受的磨难比任何人都要多,但他并没有被这些所打倒,反而变得更加乐观,更加坚强。

两对关联词,显示出巨大的反差,突出了纪广磊的家境贫寒。结束的省略号更加意味深长,其中饱含了作者的怜悯与同情。

3个"最"字,更加突出了磊磊没有被挫折所打倒的乐观心境。

表达了作者对那次晚会的记忆犹新。

《世上只有妈妈好》本是一首很好的歌，而出现在这里却有些不合时宜。作者害怕磊磊听这首歌会重忆他当年的痛苦与辛酸，却惊奇地发现磊磊仍那么坚强，一滴眼泪未掉。而且还强颜欢笑，突出了纪广磊从小便具有的非常坚强、非常乐观的性格，也照应了本段开头作者的难忘与感慨。

运用比喻的修辞，生动形象地写出纪广磊内心的坚强与乐观，赶上甚至超过一个大英豪。

纪广磊的一首歌，感动了在场的所有人；他的坚强与乐观，也感染了现场的所有人。

广磊用自己内心的坚强，使在场的所有人变得脆弱。他的乐观是常人无法比拟的，他勇于为自己喝彩，有能力让大家为他而喝彩，更会为自己的生命加油。

贫寒的家境使广磊即使有优异的成绩也无法上学。无奈之下，他只好辍学，走上了谋生之路。短短几年，广磊已是一家建筑公司的一把手，从这里可以突出其有能力。

庭境况（我的一篇题为《广磊广磊》的作文同时登在校报和黑板报上），在晚会进行得炽热化时，一位同班的女同学（广磊现在的妻子）毛遂自荐地走上前台，说要献一首歌——为本班的班长广磊同学。但她千不该万不该，不该声情并茂地唱那首《世上只有妈妈好》。她唱得太投入了，投入得热泪簌簌……我本想阻止她，但已来不及、也不忍心了。一曲未尽，全校的同学连同在坐的老师们几乎都流下心酸的泪水。我赶紧朝广磊那边挤，想去安慰他，为他送手帕。谁知，当我终于挤到他面前时，透过我满目的泪水，我意外地发现，广磊紧抿着嘴，一滴眼泪也没有，居然还勉强地朝我笑了笑……

接下来，刚刚十几岁的广磊，就像一个久经磨难而矢志不渝的大英豪，昂首阔步地走上前台，从那位女同学手中接过麦克风，大声独白道："感谢同学们！感谢老师！不过，请你们不要为我难过，更不要为我哭泣……"他说着说着就唱起了郑智化的那首《水手》，整个会堂马上变得鸦雀无声，直到他唱到第二段时，音箱里才响起了伴奏的音乐……可想而知，老师和同学们的泪水就更止不住了。他发现这一情况后，在歌曲的停顿部分，大声独白道："敬爱的老师、亲爱的同学们，为我欢呼、为我喝彩吧！"

就这样，常年寒衣素食的广磊以特别优异的成绩读完了整个初中。可他没再接着上高中。严酷的现实生活将他过早地逼上了谋生之路。我上高一时，他走上济宁市的建筑工地；我上高三时，他已熬成技术工……待那位曾为他献歌的女同学大学毕业就业无门时，广磊已坐上了一家建筑公司的头把交椅。自然而然的，她成了他的秘书，然后又成了他的贤内助。

几天前，在济南我再次见到来省建工学院短期深造的广磊。他现在不仅拥有好几部高级轿车，还拥有好几个脱产或半脱产的本科或专科的毕业证书——他在功成名就之后，仍孜孜不倦地圆着他那一度半途而废的求学梦。

在一次只有我们两个人的饭局上，他忽然对我说："广洋哥，你写写我吧……"他见我一愣，马上解释说，"不是让你写报告文学那样的软广告，不是让你写我的公司，而是让你写写我，写我本人，写我的成长故事和人生态度，就像你平常所写的那些励志启智的小短文。"他看我仍沉默不语，又接着说，"如今我俩都是搞建筑的，只不过，我是用砖石，你是用文字……哎，你就从最根基写起，写咱们的童年和梦想。"

不知是酒喝多了，还是我太敏感了。他话音未落，我已两眼潮湿。他就说："你看，你又掉什么泪？咱们混得又都不错，想要的都有了，甚至，不想要的也有了。"我就说我是高兴的。他说："高兴就对了，无论什么时候、什么情况下，都应学会为自己高兴、为自己喝彩！"

在纪广磊功成名就之后，他仍不忘儿时一度半途而废的求学梦。表现纪广磊虽有钱了，但却没有肆意放纵，仍像当年一样，勤奋好学。

纪广磊的童年无疑是一段痛苦的回忆，可他却敢于面对，而不是选择逃避，突出了纪广磊心中的坚强与乐观。

只有学会为自己高兴、为自己喝彩的人，生命才会变得多姿多彩！

其实每一个人，都经受过大大小小的挫折，但有的人却被一下击倒，而无法爬起。文中纪广磊的童年无疑是个悲剧，但广磊却以自己内心的坚强与乐观创造了奇迹。广磊懂得为自己喝彩，能在逆境中站起来，我们也应该向他学习，为自己喝彩，为生活加油，生活才会因此变得多姿多彩！

马浩石 ◎ 评

▬▬ 知识链接 ▬▬

辍学字面意思是中途停止上学，指学生没有完成规定学业发生的中途退学行为。在中国农村存在相当数量的辍学现象，而因家庭困难无力支付学费则是最主要的原因之一。在经济发展较好的地区，包括城市和农村，辍学现象也十分严重。如有的学生学习跟不上，自己产生厌学情绪而辍学；另一方面，家长对学生的成绩有了认识，认为孩子升学没了希望，不如回家就业因而辍学。从发生辍学的时间阶段来看，不论是小学、初中、高中甚至大学都有相当程度的辍学现象发生。

文／安闲镇

为父爱雕刻

开头设置悬念，引发读者阅读的兴趣，同时暗示了后文情节的发展。

　　噩梦，一个接一个地纷至沓来。每个梦里都有无数的指责、白眼和纷纷扬扬的唾沫星子，他们父子二人犹如两具被剥光了衣服的玩偶，被牢牢钉在闹市街头的耻辱柱上，供人围观……

　　醒来，心情是无比的懊丧与失落。他百无聊赖地翻找出那截桂圆木，在手中把玩着。这是他花了10元钱从木料师傅那里买下的。在他眼里，它已不是一截毫无生命的木头，而是一尊叫做父爱的雕像。脑海里浮现出父亲蹲在门槛上默默抽烟的背影，为了筹够他每年上万元的学费，父亲竟然去一家玻璃厂背化工原料，脊梁上全是被化学品感染的水疱……那一刻，让他的心疼了好久。他早就打算把心底那份对父亲的爱，一刀一刀、一锯一锯地融进这截木头。可是，与噩梦伴随而来的那种怅然悲凉的情绪总是纠缠不去，让他久久无法下刀。他开始后悔把父亲带到省城来了。

这一段描写，写出一个伟大的父亲的形象。描绘出一个为了儿子的学费不顾自己身体的慈父形象。

这里写出儿子对待父亲的感情，写出了儿子既满怀对父亲的爱，又为父亲担心的情感。

　　为了让父亲不那么辛苦，也想让父亲在城里找一份比较轻松的活干。他们父子在省美院附近租了一间简易民房。从安顿下来那天起，父亲就一刻也没有闲过，摆过小摊、看过大门、捡过废品、干过临时工，只要能挣到钱什么都干。但没想到，父亲竟偷偷地当了人体模特，还是裸体的那种。其实在美术院校里，他们同学之间也互相当人体模特，只为了省钱。而学校从外

父亲筹集学费的艰难在此体现了出来。

面找模特是要花钱的，着衣模特费用较低，只有五元钱，裸体模特课时费能挣13到15元，一个月下来，也有七八百元的收入。说心里话，他不想让父亲干这个，他担心有一天，他们父子将活在别人嘲讽的眼神与纷乱的非议之中。可又觉得父亲这样能挣个轻省钱，也是一项不错的收入。自始至终，父亲从未向他谈及此事，他也不好意思主动过问，父子二人心照不宣。尽管他所担心的事情从未发生，但自卑犹如大田里的稗草在心头疯长，让他脆弱的神经异常敏感。

终于要面对一个尴尬的局面了。那个弥漫着霏霏细雨的下午，他突然接到一位著名画家的电话，问他愿不愿意协助完成一幅油画。受宠若惊的他，想都没想就答应下来。当他揣着一份忐忑的心情找到那栋别墅，上到三楼，猛然发现父亲也在那里，正要敲门——他们父子竟然在当模特的时候碰了面。他就猜到，这一定是画家的刻意安排。他紧挨着父亲站定，闻见父亲身上散发出一股淡淡的硫磺香皂的味道，父亲来之前一定刚洗了澡。

一阵寒暄和交流之后，他们很快就明白了画家的创作意图。他不需要脱衣，但父亲必须裸体。他连忙把画室里那台唯一的电热器放到父亲身侧，然后静静地站在父亲旁边。父亲好像完全没把现场的几个人放在眼里，他微笑着脱掉粗布外套，再一把翻起其余的毛线衣和内衣，头一缩就全脱了下来。然后是内外裤，那个熟练劲，快得不超过5秒钟。他看着身旁一丝不挂的父亲，眼睛一红，迅速地将头仰向天花板，生怕眼泪掉下来。画家大概被他们父子的举动感染了，他迅速拿起画笔刷刷地画了起来。一笔一画，现实中的父子就这样走进了画布。

天近黄昏的时候，油画完成了。父亲没有收画家递过来的13元钱，父亲在恳求画家帮儿子联系进雕塑村的事情。画家郑重地握了下父亲的手，又亲切地拍了拍他的肩膀。那一刻，他的胸腔里翻涌着一股激动

这短短一句话体现出父亲赚钱的不易。

描述父子之间复杂的情感，儿子怕父亲不好意思，而父亲担心有人嘲讽儿子，所以两人心照不宣。

点领全段。

父亲对于这一件事十分重视。

从细节中体现了儿子对父亲的敬爱。

父亲为了孩子的发展不收报酬，只是要恳求画家帮助儿子进雕塑村的事情。体现了父亲对我的爱。

的热流。他突然间读懂了父亲！父亲正以一个农民特有的质朴与诚恳为自己赢取发展的机会，即便在做裸体模特的时候！父亲的恳求带着一种赤裸裸的善良与真诚，相信世间没有人会拒绝一位父亲的舐犊之情吧。

　　他的目光不由自主地移向了画布。画布上的父亲，正一丝不挂地坐在那里，脸上的表情平静祥和，透出一种淡定、从容的神态，仿佛苦难艰涩的生活丝毫未能磨灭一个男人的镇静与自信，甚至还洋溢着一丝不易察觉的微笑。父亲的目光静静地望向远处，眼神是那么明澈、诚挚，充满热切的渴望神采，如一抹温暖的阳光霎时照亮了他的心头。他原以为，生活窘迫到这种地步，难免不让人妄自菲薄，万念俱灰，就像他一直以来的心情。但是父亲，画中的父亲让他豁然顿悟：一个人，即便贫困到衣不蔽体，也丝毫不用担心被人瞧不起，只要你还拥有一双坦然的眼睛和一颗诚恳的心！

　　他用力地抹了下濡湿的双眼，泪水已经冲刷掉所有的自卑与沮丧。回到住所，他迫不及待地抓起那截桂圆木，手中的刻刀开始飞快地旋转。他终于明白，父爱，该是怎样一尊雕刻。

　　这份赤裸裸的恩泽，将让他受益终生。

将这个故事的内涵升华，体现了生活就应该积极向上。

人即使让人看不起，只要心存希望就会成功。

父爱如山。

　　本文讲述了父亲为筹集儿子的学费去当人体模特的故事，从一个特殊的角度向我们展示了父爱的另一面。儿子内心的纠结与挣扎让这份感情有种说不出的沉重感。此篇文章独具匠心的地方在于，在故事的结尾，父子以一种尴尬的形式"坦诚相见"，并没有我们预期中的痛苦和苦涩，相反，父亲用一种令人震撼的平静、淡定甚至是从容，表现出了对儿子的爱。脸上"洋溢着一丝不易被察觉的微笑"，则揭示出父亲在生活的重压之下没有"妄自菲薄、万念俱灰"，反而在为儿子努力奉献的精神支持下，找到一种诚恳淡然的信念。这种设定，使整篇文章不仅体现了深沉的父爱，又使一个伟大父亲的形象鲜活起来，读起来真挚感人。

刘佳欣 ◎ 评

══ **知识链接** ══

　　木雕是雕塑的一种，在我们国家常常被称为"民间工艺"。木雕可以分为立体圆雕、根雕、浮雕三大类。木雕是从木工中分离出来的一个工种，在我们国家的工种分类中为"精细木工"。一般选用质地细密坚韧、不易变形的树种如楠木、紫檀、樟木、柏木、银杏、沉香、红木、龙眼等。采用自然形态的树根雕刻艺术品则为"树根雕刻"。木雕有圆雕、浮雕、镂雕或几种技法并用。有的还涂色彩用以保护木质和美化。

═══════ 写作技法积累 ═══════

设问及其特点

　　(1) 设问是下面有答案而故意设置疑问的一种修辞方式。

　　(2) 设问的特点：无疑而问；设问后面有答案。

　　(3) 设问的作用：引人注意、发人思考。承上启下，过渡衔接。波澜起伏，避免呆滞。

文／李凤臣

世上没有那么多万一

开头引出两个故事，"人们驻足观望，不敢前行"与一个小女孩"晃动两只小辫子，似乎还哼着歌儿，蹦蹦跳跳，轻松地走了过去"形成对比。

"望洋兴叹""不屑"与"潜心复习"，"准备应考""金榜题名"形成对比，由此引出作者观点，那"万一"的事情不是那么多。

作者对传统的"沉稳、练达"提出质疑。这种沉稳"扼杀了生命的种种可能"，练达使你"放弃了努力和尝试的热情"从而停止不前。

话剧《魔方》里有这样一个情节。路口竖了一木牌，上面大致写着："前行者，多加小心。"小心什么，前面有塌方抑或埋有定时炸弹？人们在此驻足观望，不敢前行。一个小女孩，晃动着两只小辫子，似乎还哼着歌儿，蹦蹦跳跳，轻松地走了过去。由此我又想起，毕业时，恰逢中国艺术研究院首次招收硕士生。那个年代不像如今，楼上泼下一盆水，三个过路人两个被淋湿，其中的一位兴许就是位硕士，没淋湿的那位还可能是位博士。当年的硕士凤毛麟角，中国艺术研究院是中国最高的艺术殿堂，且全国只招收三位。同学们只有望洋兴叹了。同学A君如厕看报时发现了招生启示，便开始潜心复习，并放言准备应考。A君平时成绩平平，也没有发现他有多么深的潜质，大家脸上就现出不屑，就准备几个月后如何安慰名落孙山的A君。结果A君居然蟾宫折桂，金榜题名。后来A君成为知名学者，此是后话。

世事往往如此，通常情况下，人们总是以经验的目光检点和规范自己的行为。似乎期望值降得越低，成功的概率才会越大。这是传统意义上的沉稳、练达。可恰恰这些骨子里的经验阻碍了人们前行的脚步，扼杀了生命的种种可能。作为万物灵长的人类，其生命本体内有着极其丰富的潜能可供开发，同时在俗世间行走的人类的那些规矩、禁忌又如厚重的土层将自己的富矿深深掩埋，使你放弃了努力和尝试的热情。想得多，势必做得便少了。实在有愧上帝对人类的恩赐。

我们的长辈在训诫晚辈时，往往会说："万一怎么怎么着。"这是"经多识广"后，对后人的警示，以防他们在前行中碰壁或跌伤。于是子孙们便在先辈框定的"坦途"上平稳又平庸地走过人生。想来，人类许多功能的退化是因了祖祖辈辈循环往复的家训的压制和打磨所致也未可知。天目消退，你还能洞悉万物，识妖辨鬼吗？没了那副火眼金睛，你也就不会像齐天大圣那样上天入地惹是生非了不是。人类的视觉、听觉和嗅觉退化到远不及动物的今天，正好让你听不到尘世间那些充满诱惑的声音，看不到更多"凶险"的风景，而心无旁骛、规规矩矩地走自己的路。磨去精神触角的锋锐势必造成某些生理机能的收敛、闲置以致退化。这不该是人类进化的常态，却符合规范子孙的心理。那么人类究竟进化了还是退化了？这是个问题。有人预测，数万年之后人类的雄性将消失。人类史学家乔·韦尔斯曾发出"拯救人类性别"的呐喊。

想来实在可怕又可悲。预言家们的预测近乎危言耸听，却也着实为人类提了个醒儿。

世上没有那么多万一。况且生命的旅途中本身就遍布着荆棘，充满着挑战。如果一路走来总是畏首畏尾，如覆薄冰，那么你的生命就失去了色彩，成功的目标更是难以企及。正是这诸多的"万一……"将你阻隔在成功的门槛之外。可人们担忧的，毕竟只有万分之一的概率，如果那万分之九千九百九十九的可能都不能成为你信心的支点，你就注定与成功无缘了。

我们应该崇尚"有一分可能，做百分努力"的志向。试想，哪一位成功者不是经历了一路的摔打和挫折最终登顶的？如果站在珠穆朗玛峰下，不待攀登，就畏惧了它的海拔，你首先已经是精神缺氧了。

我们在长辈"万一"的警示下平庸地走过一生，作者认为这是人类在许多方面退化的原因，反问句增强语势，有力地说明人应该心无旁骛地专心发现自己，发展自己的潜能。

反问，对人类发展提出质疑。

预言家的畏惧，让人类提起精神。

点明主题。

生命充满挑战，也许这就是人生活的意义，生活的美好，"万一"会阻隔你与成功的距离，"万一"与"万分之九千九百九十九"相比，成功的机率大得很！

做事情不要先思考它有多困难,怀疑你自己取得成功的概率,挫折与打击是必经之路,"做百分努力"吧。不要认为畅想不切实际,只要敢想就一定会有所作为。

我们更应该崇尚激情、浪漫乃至无边的畅想,这是生命本能的宣泄和张扬。"给万里长城贴瓷砖,为太平洋加护栏。"且不说贴砖,加栏有多么大的现实意义,单这非凡的想象力就让人拍案称奇。只有想不到的,没有做不到的。今日的科幻,就是明天的现实,心中没有如此宏大的气象,手里怎能握住撬动地球的杠杆。

世上没有那么多万一。化蛹成蝶,是生命进程中最为艰辛、壮美的蜕变和升华。当蝴蝶扇动美丽的翅膀在空中飞翔时,它会为自己的付出而自豪。倘若当初一味担忧:破茧时万一头破血流,万一筋折翅断……它就会退怯,就会安于现状。那它就永远是一条囚居黑暗中的丑陋的虫子。

结尾段升华主旨,总结全文,再次点题不要一味担忧,它只会让你退怯,安于现状,永远接近不到实际,勇敢地走下去,"世上没有那么多万一"。

"世上没有那么多万一",我们在生活中被人告诫的事情太多了,甚至认为有些坏事理所当然,面对一个挑战我们不想怎么去面对,而是思考失败的结果,我们有"万分之九千九百九十九"成功的可能,却在万分之一的失败面前怯步了,放弃了。

"万一"的存在既给予了我们挑战也给予了我们机遇。

人生路上一帆风顺当然不可能,每个"万一"都是一次锻炼,乐观面对挫折,崇尚激情,为自己的人生添彩。

史冰筠◎评

知识链接

《魔方》

来不及聆听你的颜色,重新组合,又不见了你的音符;我的心在鼓掌,摸不着,走出雨雾的你。

呼吸,却嗅出了我生活中的黑洞,泪水跌进去了,痛苦跌进去了,相思也跌进去了,失掉了覆盖生命的大树。"黑洞,开门!"

没背过组合魔方的法则,我被称作"笨蛋",笨,就笨吧,自嘲;我答应魔方去解它的谜,不要法则,干脆自信地说:我已经打开了黑洞的门。

文/吕保军

"打工达人"
的人生格言

21岁的他，因常年在外打工，身材瘦瘦的，透着一股精明与干练。他特别能吃苦，总是一次兼职多份工作，有的需要他凌晨4点起床，也有的是从晚上7时至第二天凌晨，逢周末还要延长到凌晨4时。他先后在国美、重百、新世纪、永辉等当过推销，最痛苦的打工经历是在一家超市，每天用消毒水洗荔枝，干久了双手都泡烂了。而最惊险的一次，是今年的国庆节，他深夜骑摩托车回家途中不小心出了点小车祸，脸都被摔伤了。在他打工最疯狂的那段时间，竟同时打了5份工，成了名副其实的"打工达人"。

很多人都把他当作是"穷"孩子出身。没有人知道，他的家庭条件非常优越，可谓家境殷实。父母经营着一家酒店，家中还有几个门面出租，固定资产在几百万元以上，是个不折不扣的富二代。与众不同的是，小伙子的打工生涯从上小学二年级时就开始了。那时他才7岁，便在街边打了人生中的第一份工——替人擦皮鞋和卖报纸。他打工的最初目的很简单，就是想挣零花钱。他喜欢四驱车，父母却不给买，他就抱着"自己赚钱买"的念头，在街边摆了个小摊。路人还以

第一段末尾处点题，介绍了他名副其实的"打工达人"之经历。

艰苦的打工经历，让人不禁心生同情。同时也为下文介绍他的身世作了铺垫。

自身的勤奋与优越的家庭条件形成鲜明的对比，突出他吃苦耐劳的精神。

交待打工的动力源泉。"自己挣的钱自己用",独立自主的性格所在。

打工并不意味着荒废学业,作者在大学学习的同时依然能够打磨自己的精神意志,丰富自己的人生阅历。

以疑问的方式引出全文重点的议论与主旨。

以"很多人"与"他"作对比,很多人上大学是为了找工作,而他上大学只是经历一个过程,证明了他所做的——"行万里路",同样也是一种学习。

为他是个贫困儿童呢,纷纷前来照顾他的生意。那个暑假,他赚了400多元,连当年的学费都是靠自己的劳动所得缴纳的。这次打工,让他尝到了甜头:自己挣的钱自己用,没人约束。

三年前的9月,当他跨入重庆工商大学的校门后,第一感觉就是"好多课余时间"。于是,他打工赚钱的瘾又上来了,便开始在外面夜以继日地打工。大学4年,他没找家里要过一分钱的生活费,全靠自己打工挣到了7万多元,多数当作生活费、学费以及社交费用,还预存了几万元准备买辆跑车,只差一点点就存够了。也因为疯狂打工挣钱,他的学业一落千丈,别人考试前临时抱佛脚,他连抱佛脚的时间都没有。大二那年,他一年就"挂"掉了6科。好在他及时意识到了这一点,从大三起,他开始逐渐调整心态和作息,除了暑假和周末之外,他在课间没怎么出去打工,这样一直坚持到大四下半年。在临近毕业的这几个月里,他决定不再外出打工,而是呆在校园里弥补以前落下的功课,把该看的看了、该考的考了,再好好地享受一下校园生活。

有人质疑:既然有这么好的条件,何必去吃那份苦受那份罪呢?大学四年最宝贵的学习时光,却被他浪费在到处打工上,算不算是得不偿失?不知他望子成龙的父母该喜还是忧?

他却不这样认为。他说,知识,不一定非得在校园里获取。读万卷书,是一种学习;行万里路,同样也是一种学习——在"社会大学"里掌握更加广泛的知识。很多人读大学的主要目的,无非就是毕业后能找到一份好工作;我读大学的目的跟他们不同,我只是在经历一个过程,而非毕业。我的父母早就想让我回去接管酒店生意,可我毕业后却还想去当兵,到部队上继续历练自己。也许有人认为我是在找罪受,他们哪里知道,我其实是在享受这个闯荡社会的过程。在这个过程中,我耐心地打磨自己的精神意志,充分地丰富自己的人生阅历，好让我早日成为胸怀博大、志向高远、能承受得起大风大浪的真正男子汉！今天我成为打工达人，除了知道社会是现实的，提早承受了打击之外，还收获了许多经验，扩大了自己的人际关系，这也是一笔难得的宝贵财富。我敢说，我在社会上打工所积累的人生阅历，十个刚出校门的大学生都比不上。俗话说，年轻时吃苦不算苦，我就是要趁年轻，抱着一颗火热的心投入到社会中去，在复杂纷繁的社会生活中多多淬火磨炼，从而养成独立自主的性格，永葆一份低调向善的心态，不幼稚、不猖狂。放得下身架，才经得起成功——这就是我，一个打工达人的人生格言！

"放得下身架，才经得起成功。"充分地体现了文章主题。

本文讲叙的是一个"富二代打工达人"的故事。

"富二代打工达人"，貌似不协调的两个词语组合在一起，反映出的是积极面对生活的精神品质。生活的精髓不是奢侈的享受和无度的挥霍，而是不断地磨练积累出的人生阅历，这才是难得的、属于自己的宝贵财富。

正如文中所说，"放得下身架，才经得起成功。"

关皓天 ◎ 评

知识链接

达人，是指在某一领域非常专业，出类拔萃的人物。指在某方面很精通的人，即某方面的高手。后来这个称呼被越来越多的网友接受和喜爱，成为流行用语。

文／凉月满天

一等斗鸡
如何修炼成功

开篇运用比喻，巧妙入题。

　　人的一生就像走钢丝，既要活得有重量，又要活得能超脱，这重和轻，本身就是一对反义词；既要活得水起风生，又要活得波澜不惊，这躁和静，又是一对反义词。善良，而不能太善良；强大，而不能太刚愎自用；聪明过头又成了自作聪明……

　　一对对的反义词好比一对对的士兵，把手中长刀高高举起，形成一个刀剑胡同，既要穿过去，又能不伤损，才算是高人。

用"锅中炒豆"比喻人生，表明心态的重要性。

　　人生处世本就如锅中炒豆，下面有火，豆在锅里噼噼啦啦乱蹦。火来自人心，是真正的"心火"。因为社会大环境，人人都跟打了鸡血似的不安定。想出名的不择手段，想骂人的不过大脑，受了挫折软趴趴，于是身心分离，两相不顾。轻躁并行，失败与失意也在意料之中。

正面举例，写出"心稳了，手就稳了"的年轻人，凭借良好的心态，取得了成功。

　　"心稳了，手就稳了。"这是《士兵突击》里面，原钢七连连长，现师侦营副营长对七连"逃兵"成才说的一句话。无论是在家乡下榕树、钢七连，还是A大队的初期，这个年轻人都是嚣张的，浮躁的，争强好胜的，眼神里总有一点跳跃不定的光。少年侠气，露不藏深。

当他被毫不留情地打回去继续看守驻训场，趴在草原上，用一把几十块钱的民用瞄准镜绑在突击步枪上，一连几个小时的观望，或者看屎壳郎滚羊粪蛋，静气才慢慢上来，笼罩全身。所以当他和师侦营比枪，其他人都是一触即发的紧张，只有他全身放松，枪就顺在腿边。只是当啤酒瓶子飞起的一瞬间，他动如脱兔，瞄准击发。伴随着应声碎裂的酒瓶和其他人诧异的眼神，他的眼睛里透出一股静水流深的淡定。

细节描写，生动刻画人物形象。

《道德经》有段话："重为轻根，静为躁君。是以君子终日行不离辎重。虽有荣观，燕处超然。奈何万乘之主，而以身轻天下。轻则失根，躁则失君。"尤其是年轻人，虽说青春正盛，跳脱飞扬，但是跳脱飞扬的不单是青春，还有骄傲和浮躁的灰尘。长大其实是一个过滤和添加的过程，滤去轻狂，在人生的底色上添上静和重，否则后面几十年光阴里迎接自己的，只能是灰暗、失败的人生。

引用《道德经》中的话，进一步表明，浮躁与轻狂的人生，必然失败。

长大就是心态成长的过程。

朋友老李很有才华，写一手好文章，年纪轻轻加入省作协，想当年意气风扬，活脱脱一代天骄的模样。按理应该越走越远的，可是现在快五十岁了仍旧蛰伏家乡，半黑不红。他把这一切归咎于领导的打压，同人的倾轧，社会的不公，却不明白，走到这一步，自己要担一大半的责任。当初太狂，招人忌恨，如今又自认不遇，拼命喝酒，醉后指点江山，睥睨群雄，别人不爽的同时，他自己的一颗心更是不安定，时而跌到谷底，时而蹦到半空，哪还有余力去读书、写作、养静、观察世界和思考人生？才气于他已经不是资本，反而变成负担，活活把他变成一个浮躁轻狂的人。失去根底，像一株木理粗疏的泡桐树，着实不堪大用。

以朋友老李一生，再一次举例。人"浮"即便再高，也毫无用处。增强了文章的说服力。

梁漱溟说，人一辈子首先要解决人和物的关系，再解决人和人的关系，最后解决人和自己内心的关系。就像一只出色的斗鸡，要想修炼成功，需要漫长

引用名人的话，巧妙点题。

作者把人分成三个阶段，只有把持好自己的心态，才会走向成功。

的过程：第一阶段，没有什么底气还气势汹汹，像无赖叫嚣的街头小混混；第二阶段，紧张好胜，俨如指点江山、激扬文字的年轻人；第三阶段，虽然好胜的迹象看上去已经全泯，但是眼睛里精光还盛，说明气势未消，容易冲动；到最后，呆头呆脑、不动声色，身怀绝技，秘不示人。这样的鸡踏入战场，才能真正所向披靡，不战而胜。

人生本来就是一场反义词的大比拼，所谓的反义人生，不过就是在自己和内心之间寻找平衡；而静与重，也不过就是提醒自己反复做一个动作：清零。一步一步走，一步一步扔。走出来的是路，扔掉的是负重。路越走越长，心越走越静，时刻谦卑，时刻低眉，时时刻刻心里有敬畏。只有这样，才能修炼成精，任你密雨斜侵，我只坐拥王城。

结尾议论绘声绘色。人心愈是静，路愈是长。

　　本篇议论文，作者以比喻巧妙开头，写出人生的路，必须得有个好的心态作伴，心愈静，路愈长。多次举例，正反两方面衬托出浮躁的人生终将失败、无用。
　　要在心中平衡静与重，做到任你密雨斜侵，我只坐拥王城，只有这样，才能炼成一等斗鸡！
　　人生在世，成与败都不重要，重要的是有个良好的心态，心态好了，又怎么会不成功呢？有一颗安定的心，才会练成"一等斗鸡"。

丁玥君 ◎ 评

═══ **知识链接** ═══

　　《道德经》，又称《道德真经》《老子》《五千言》《老子五千文》，是中国古代先秦诸子分家前的一部著作，为其时诸子所共仰，传说是春秋时期的老子李耳（似是作者、注释者、传抄者的集合体）所撰写，是道家哲学思想的重要来源。道德经分上下两篇，原文上篇《德经》、下篇《道经》，不分章，后改为《道经》37章在前，第38章之后为《德经》，并分为81章。是中国历史上首部完整的哲学著作。

文／麦秸垛

梧桐人生

表舅的半生，给人的感觉，犹如坐在过山车上，一会儿，呼啸着从地平线，冲到了半空，一会儿，又从高高的空中，哐当哐当俯冲到起点。

表舅是个农村孩子，家庭条件相对优越。在城乡代沟很深的80年代，18岁的他，出人意料地放弃高考，毅然报名应征入伍。老师、同学、家人，都为此咋舌惋惜，说这孩子傻。人那么聪明，成绩那么好，一只脚分明已踏进"龙门"了，放着好好的大学不上。唉……

一年后，就在大家刚刚忘记对他的惋惜和失望时，表舅在山旮旯的部队，考取了军事大学，学的是稀有的雷达专业。几年后，分配到大连，凭着扎实的业务功底，不断进取的钻研劲头，很快升为连长、营长……可就在部队打算晋升他为副团长时，他突然主动要求转役，回到地方。又在众人一片唏嘘声中，他回到我们这个小城市，分配在机关，当了一名公务员，工作清闲，待遇优厚，并娶妻生子。多好啊。大家满以为，这下，他该安心了。谁知，3年后，他竟从机关辞职下海，承包起了一家娱乐活动中心。

那时候，卡拉OK、棋牌、台球刚刚开始流行。加上表舅性格温和，对人热情，有着较高的素养。所以，生意如日中天。可是不久，随着周边同行的不断

用过山车来形容表舅的一生，十分形象地说明他一生的波折。

这反映了当时人们的心理，而且说明表舅十分优秀。

为何要转役，让人捉摸不透。

表舅再次大起，不知是否还会大落。

增多和新生事物的不断涌现，这些娱乐项目和设施，很快落伍，他的生意如王二小过年，一天不如一天。就在家里人为他后悔发愁的时候，他用转让娱乐中心的资金，盘下一家濒临倒闭的小饭店，起早贪黑，没日没夜，做起了特色面点、小吃。几年的辛苦努力，积累了一点资金后，又从银行贷款，把小饭店扩展成一个中高档的酒店兼宾馆。可就在他准备开张迎客时，城市进入了轰轰烈烈、翻天覆地的改造建设之中，他所在的地方，需要拆迁建成这座城市的风景公园。表舅几年的血汗，顷刻间，全部清零。

　　这一次，他貌似真的被打趴下了。收拾完残局，安顿好妻女，一个人回到老家，蛰伏了几个月，找了个临时工作，以维持生计。周边的人都以为，这下，他彻底完了。这辈子，也许，就虎落平阳，龙困沙滩了。

　　不久，表舅获悉，随着城市建设的热潮，老家的镇领导正在筹划建设"城市化新农村"。镇上不仅要修建几幢居民楼，还要扩建两条三级公路。他于是如干涸中遇到水的鱼一般，又兴奋忙碌起来。用家里的老宅，抵押贷款，做起了工程供应商。每天，骑个破摩托，去县城的水泥厂，磨嘴费牙，为拿到最低价格的水泥讨价还价，然后，辗转运回到老家工地上。

　　就这样，忙活了一夏一秋，他算了算，可以净赚200多万。他欢喜地计划着，用这笔钱返回市区，承包一个饭店或者当下流行的KTV，应该没什么问题。可是，万万没想到，等到工程结束，他去结算货款的时候，镇上的领导班子大调动，新来的领导每每以经费紧张为由，一再拖着他的款子。他再次陷入绝境，并且还要月月偿还银行贷款和利息。身边的人都替他着急发愁，他却依然淡定、平和。

　　表舅家院子里有一棵高大、茂盛的梧桐树，夏日里，葱茏一片，像一擎华盖般直穿云霄。可是，每每秋风一起，树上的叶子，就眼泪一般，大朵大朵地簌簌飘落，最后，只剩残枝秃干，赤身裸体地站在凌厉

突出表舅十分的勤奋。

再一次大落，无法自拔才有了下一段的内容。

表舅再一次的振作，也是一搏。

恶运之神再一次与他相遇。

梧桐树是表舅精神的支撑点，也是表舅人生的阐释。

的寒风中，像一个穷困潦倒的乞丐般，经受着严冬里冰霜雨雪的煎熬。然而，来年春天，梧桐的周身，又开始长满嫩黄的叶包，沐着春风，次第绽放，长成片片猪耳朵般肥硕的绿叶，使得梧桐从新变得从容、丰润……

　　表舅说，每当他跌入谷底时，只要看到梧桐春去秋来的光景，就会心境坦然。人生，就如梧桐，也是不断地重新开始，一切会从无到有，也会从有到无。因为，不断地重新开始，才是生命最基本的规律。

点明主题，揭示表舅的人生理念。

点评

　　本文是一篇罕见的能将事情设计曲折而不乏美感的杂文。本文描述了"我"的表舅一生的大起大落：由以前的大学生，走上了军旅道路，由军队走向了社会，经过了无数的挫败后，他没有倒下，如梧桐一样，再过一年，仍有繁花无数。教育青少年应有不卑不亢、勇于面对挫折的精神。因为"没有错误，等于毁灭进步"，因为"不断的重新开始，才是生命的基本规律"。

王博林 ◎ 评

===== **知识链接** =====

　　梧桐别名青桐、桐麻，属于梧桐科。属落叶乔木，高达12米；树皮青绿色，平滑。叶心形，掌状3～5裂，直径15～30厘米，裂片三角形，顶端渐尖，基部心形，两面均无毛或略披短柔毛，基生脉7条，叶柄与叶片等长。原产中国，好生于温暖湿润的环境；耐严寒，耐干旱及瘠薄。夏季树皮不耐烈日。在砂质土壤上生长较好。南北各省都有栽培，为普通的行道树及庭园绿化观赏树。